認知症の妻への最後のラブレター

内藤優
NAITO Masaru

文芸社

はじめに

過去を失ってしまった最愛の妻・富子へ――。

富ちゃん、高校生の時に出会ってから、「お兄さま」「私のマーちゃん」なんて呼んでくれたね。数えきれないほどたくさんの手紙もくれて、ありがとう。

本当に嬉しかったよ。嬉しくて、今も思い出すと涙が滲んでくるよ。これからも、お互い元気でいようね。マーちゃんもまだまだ頑張るから……。

七〇年も前の手紙ばかりだから、読み返すと嬉しいやら、恥ずかしいやら……。覚えていることも、忘れてしまったこともあるけれど、読み返すとあの日々が蘇ってくるよ。

これだけの手紙、本当によく大切にしまっておいてくれたね。いつか一緒に読める日が来るかもしれないという思いが、きっとあったんだろうね。本当にありがとう。

だから、思いきって〝本〟にまとめて残しておこうと思ったのさ。

「えっ！　ラブレターを本にしたの……」

富ちゃんには笑われるかもしれないけれど、みんなに読んでもらおうよ。

富ちゃんも、もう八八歳だね。

人は「富ちゃんも米寿だね」と言ってくれるけれど、病んでいる身になると、とてもつらいよね。人の手を借りないと何もできないという今の現実が、とても恨めしい。だけど、どうすることもできないんだよ。

いつか、お世話していただいているみなさんに、心から「ありがとうございます」って、二人で礼を言おう。

マーちゃんも、もう九〇歳になっちゃったよ。

二人でこれからも頑張ろうね。

この本を一人でも多くの人が手に取ってくれるだけで嬉しいです。

目次

認知症の妻への最後のラブレター

第一章　家族七人の貧乏暮らしを母と支える

――埼玉に生まれ、戦後、山梨に転居

埼玉に五人兄弟の長男として生まれる

私の妻・富子は今、認知症を患って特別養護老人ホームのお世話になっています。少し前までは私が会いに行くと、にこやかに笑って手を振って喜んでくれていましたが、最近では、もう私のことも分からないようです。

それでも私は、心のどこかで私だと分かってくれるかもしれないと思って、会いに行っていました。ただ、新型コロナウイルス感染症の蔓延で、自由に面会に行ける機会が奪われてしまっていることが悲しくて仕方ありません。

富ちゃんとは高校時代に初めて会ってから七〇余年、結婚してからも六〇余年……その間の記憶を、彼女が思い出すことはもうないのかもしれません。

こんな悲しいことがあるでしょうか……。

身延にある老人ホームに行けば、そこに富子はいるけれど、昔の富ちゃんはもういないのです。今日まで二人がたどってきた日々を語り合うことはかなわない望みなのでしょうか。表面は無表情でも、頭の奥、胸の奥には私との思い出が眠っているはずなのです。

叶うなら、もう一度だけでも、手を取り合って二人の思い出を語り合いたい。

小説や映画のように、私が魔法みたいな呪文を発した途端、富子が正気を取り戻すなんてことは夢のまた夢でしょうか。千に一つ、万に一つでもその可能性があるなら、私は諦めず富ちゃんに声を掛け続けたいのです。

そう、二人の歴史とも言える手紙を読んで聞かせたら、奇跡的に富ちゃんの目がかつての輝きを取り戻して、認知症がパッと治るかもしれません。

何を馬鹿なことを言っているのか……人はみんなそう言うことでしょう。でも、果たして絶対に、一ミリたりともありえないと言い切れるのでしょうか。

私に残された人生はもう残り少ないけれど、残り少ない分、生きている間は富子と一緒にいて、奇跡を起こすために語り続けたい。

そんな気持ちで、二人の手紙の一部をこの本に残しておきます——。

まずはその前に、富子と出会うまでの私の生い立ちからお話ししましょう。

私は昭和七（一九三二）年九月六日、埼玉県北足立郡与野町上落合に生まれました。今も与野という名前は町名や駅名などに残っていますが、大宮の南にあり、市町村合併で現在では、さいたま市中央区と呼ばれているそうです。

父親の名前は内藤亀命《きめい》、母親は清《せい》といいました。

亀命というのは変わった名前で、私は他に同じ名前を聞いたことがありません。昔から「鶴は千年、亀は万年」と言われていますように、おそらく亀のように長生きして欲しいという願いを込めて、祖父母がつけたのでしょう。

私は長男で、両親はそれ以前に男の子を授かったのですが、残念なことに生まれてすぐ命を落としたそうです。兄弟は三歳上の姉・ケサ子、私、妹・洋子、弟・豊、妹・里子の五人です。六畳間と三畳間が二部屋ある借家に、家族七人で暮らしていました。

私が物心ついた頃、両親ともに歩いて一〇分ほどのところにある大きな製糸工場で働いていました。七人家族の内藤家はとにかく貧乏で、日々の食べ物にも困るありさまでした。

こうした貧乏話をすると、戦前の日本人は子供が多いのは当たり前、それに、みんな貧乏だった時代じゃないか……そう思われる方もいることでしょう。田舎ならまだしも、都会暮らしで両親が共働きの家庭で、なぜそんなに貧乏だったのかには理由があります。

実は、父が大のパチンコ好きで、困ったことに、給料をもらってもほとんどパチンコに使ってしまっていたのです。父は酒も飲まないし、煙草も吸わなかったけれど、パチンコだけはやめられませんでした。

仕事終わりや休みの日など、父は会社の近くにあるパチンコ屋に入り浸りでした。でも、私はそんな父から小遣いをもらおうとして、煙草の煙が充満しているパチンコ屋に行って、父を探し回った記憶があります。

そんな父でしたから、母も苦労が絶えなかったと思います。

弁当がなく昼休みは学校から抜け出す

自分で言うのもなんですが、私自身は真面目な性格で、親の言うことをよく聞く子供だったと思います。当時は母が一家の大黒柱のような存在でしたから、よく母の手伝いをしていましたし、長男の私がぐれていたらそれこそ一家離散だったかもしれません。

そんな風に貧乏だった少年時代ですが、一方で、同級生にはあまり貧乏であることを知られたくはありませんでした。男の子なんてみんな見栄っ張りですからね。

戦時中のことでしたが、学校の昼休み、みんなは家から持ってきた弁当を食べていました。でも、我が家は弁当を作ってもらえる余裕などはありません。

私は、弁当を持ってこられないことを同級生に知られたくありませんでした。

「おい、内藤！　一緒に弁当食うか？」

そう言われると、私は明るくこう答えます。

「ごめん、うちに帰って食べてくる！」

もちろん、嘘です。時々、同級生にそう言って、私は教室を抜け出しました。

だからと言って、家に帰ってもご飯などありません。では、どうするかというと、近くにある神社を目指すのです。そして、神社の本殿の縁の下に入って、人目につかないように座ってひもじい思いをやり過ごしていたのです。

当然、時計なんてありませんから、頃合いを見計らって〝そろそろみんな食べ終わったかな〟という時間になると学校に戻ったものです。すると、「ああ、内藤が帰ってきた」と友達が気付いて、昼休みが終わるまで一緒に遊びました。

昼食抜きの代わりに、晩御飯はたくさん食べられるかというと、当然、そんなことはなく、少々の御飯と漬け物中心のわずかばかりの食事でした。

その当時、私が住んでいた与野は、周囲はみんな田んぼや畑ばかりでした。

「マサル、イナゴ採りに行くか?」

家にいると、母がよくそう言ってきました。

田んぼにはイナゴがたくさんいましたから、私は虫取り網を持って、母と一緒に田んぼに向かいます。あちこちにイナゴがいて、それこそ取り放題です。採れたイナゴを袋一杯に入れて持ち帰ると、母はそれを素揚げにして夕食のおかずに出してくれました。

貧乏でしたから、お店で売っているおいしい物を買ってきて、それが我が家の食卓に並んだ記憶なんてほとんどありません。まあ、昆虫は高タンパクで低カロリーですから、今も長野や群馬、東北ではイナゴを佃煮にして食べたり、土産物として売ったりしています。でも、関東平野の真ん中でイナゴをおかずにしていた家はうちくらいでしょうが……。

不良少女だった姉に翻弄される

我が家の悩みはパチンコばかりしている父だけではありませんでした。

姉のケサ子がまた派手な不良少女だったのです。学校から帰って来てもすぐ遊びに行ってしまう。嘘をつくのも日常茶飯事で、ある時、友達の家に行くと、出てきた友達の母親にこんなことを言いました。私も一緒にいましたから、今でも覚えています。

「おばちゃん、○○ちゃんから頼まれたんだけど、××を持ってきてって」

「じゃあ、ケサちゃん、これ持って行って！」

友達の母親にそう言われて、姉は「はい！」と元気に言って受け取ります。

でも、当然、友達にそれを渡すことはありません、そもそも嘘ですからね。食べ物とか着る物とか、結局、自分で食べたり、着たりして自分の物にしてしまうのです。

今でも忘れられないのが、自転車を寸借した一件です。

「○○ちゃんに頼まれたから、おばちゃん、自転車預かるよ」

姉は友達の家で自転車を借りると、それに乗ってどこかに行ってしまったのです。何をしていたのか分かりませんし、しかも、自転車を現地に置きっぱなしでそのまま家まで帰って来てしまったのです。もちろん、家族はそんなことなど知りません。

それから数日後、事件が判明します。

乗り捨てられた自転車に名前と住所が書いてあったことから、友達の家に警察から電話が来たそうです。友達の母親から岩槻で自転車が見付かったと聞いた母は、歩いて自転車を取りに行ったそうです。与野から岩槻まで一〇キロ以上も歩いたわけで、母も大変だったことでしょう。そして、友達の家に自転車を返し、母は何度も何度も謝ったそうです。

そんなことが度重なったのでしょう。身内の恥をさらすようですが、私が小学校六年生の頃だったでしょうか、姉は東京の品川にあった不良少女の更生施設に入所させられてしまったのです。それでも、母は最後まで姉を見捨てることはしませんでした。

「マサル、姉ちゃんにこれ持ってってくれ」

姉の誕生日だったりすると、私にこう言って荷物を渡しました。ある時はちらし寿司だったり、またある時は赤飯だったりしました。私は大宮駅から京浜東北線に乗って、品川にある施設まで届けに行きました。

「一人で来たの？　よく来たね」

施設の職員はそんな風に言って励ましてくれて、荷物を受け取ってくれました。

少年航空兵の試験に落ちて中学に進学

戦時中の学校生活の話をしますと、当時は配属将校という軍人が学校にいました。上等兵ではなくて、少尉や伍長です。その頃は学校でも銃剣の訓練のような軍事教練ばかりで、配属将校が指導していました。

子供心にその姿が格好良く見えたので、私は軍人になろうと決意しました。それで、小学校六年生になった時に少年航空兵の試験を受けたのです。

ところが、少年航空兵の試験科目には平均台があって、私は最後まで渡れず、落下してしまいました。当然、不合格で、少年航空兵にはなれずに六年生が終わりました。

それでも、学校の成績はそこそこだったものですから、担任の先生に言われました。

「優ちゃんは中学校行ったらどう?」

先生にそう言われたのを知って、母は頑張って行かせてやろうと決めたのでしょう。

でも、県立浦和中学校は無理だろうと思っていました。受かるか、受からないか分からないのでは受験すると決断できません……貧乏人の息子は浪人なんてできませんから。それでやむなく市立の浦和中学校を受けて、無事に合格しました。

けれど、戦争で勉強どころではありませんし、毎日のように電車も止まって満足に通えないまま、あっという間に八月の終戦の日を迎えました。

そのうち、戦後の不況で両親が働いていた製糸会社が閉鎖されました。父母は職を失い、わずかばかりの退職金をもらって、父の実家がある山梨に引っ越すことになったのは昭和二〇（一九四五）年九月のことです。今も記憶に残っていますが、学校の先生や同級生が送別会を開いて送り出してくれました。

埼玉から父の郷里・山梨へ引っ越し

夏の暑さが残る九月のある日、内藤家はわずかばかりの荷物を持って電車で埼玉を出て山梨へと向かい、甲府駅から身延線で南下して久那土《くなど》という駅に着きました。父の実家がある山梨県西八代《にしやつしろ》郡山保《やまほ》村久保《くぼ》はその先の山の中です。

こうして山梨に越して来たわけですが、父はというと、相変わらずの性格ですから全く田舎になじもうとはしません。最初の頃こそ実家の農業を手伝っていましたけれど、そもそもサラリーマン生活が長くて農作業なんてやったこともありません。すぐにやる気をなくして働かずに、母が一人で頑張っていました。

一方の姉はというと、山梨の田舎に越して来たからといって、父同様に性格が変わるはずもありません。都会の生活が忘れられず、田舎の生活には到底、耐えられなかったのでしょう。家を飛び出してしまって帰って来ませんでした。

それから数年経ったある日、姉は突然家に帰ってきて家族を驚かせました。

「私、好きな人ができたからお嫁に行く」

姉はそれだけ言って帰りました。結婚して甲府で暮らすことにしたそうです。

さて、お金もない、お米もない、食べる物もない……山梨でも内藤家は貧しい生活の連続でした。母と私は父の実家に稲刈りや畑づくりの手伝いに行って、お返しとして野菜などの食べ物をもらったり、着物や帯を持って農家を訪ねてはお米と交換してもらったりする生活で、なんとか食い繋いでいました。

「熊沢のおばちゃんとこでお米もらったけど、これは一回か二回で終わりだよね」

母がそう言って寂しそうに笑った顔が、今でも忘れられません。

そんな中、私は長男ということで「優はうちに来い！　一人でもいない方がお母ちゃん助かるだろう」ということで、現在の市川三郷町《いちかわみさと》葛籠沢《つづらさわ》にある母の実家に預けられました。

引っ越した先での学校はというと、まず一番近い身延中学校に転校のお願いに行きました。必要な書類を持って行きましたけれど、空きがないということで駄目でした。当時、私のように田舎に戻ってきた家族が多く、生徒が増え過ぎてしまったようです。

「米の一俵でも持っていけば、先生も喜んで入れてくれたのにな」

のちに身延高校の先生をしていた人からそんな話を聞いたことがありましたが、そもそも我が家に米一俵の余裕などあるはずがありません。

結局、母の実家から少し離れた山宮尋常高等小学校高等科一年になんとか転入することができましたが、その翌年、高等科二年生となり、学制改革もあって、近くの峡南農工学校の併設中学校の三年生となり、翌年四月に山梨県立峡南高校の一年生になりました。

近所の家が焼いた炭を母と一緒に売って回る

当時、私の家があった集落は山の奥で、周囲には畑になるような土地もたいしてありませんから、炭焼きをして生計を立てている家が多かったように思います。

母は二キロほど離れた炭焼き農家から炭を買い、それを背負子《しょいこ》で背負って山を下り、町まで売りに行っていました。私も学校が休みの日には母を手伝っていました。

一俵は一五キロほどの重さだったと思います。私は子供なので一俵しか背負えませんでしたが、母は常に二俵背負っていましたから、かなりの重さだったことでしょう。

どんな風に売っていたかと言いますと、まずは前日、駅の周りの家を一軒一軒訪ねて、「炭は足りてますか？」と注文を取って回るのです。

その注文の数を基に炭焼き農家から必要な分の炭を買い、翌日は朝早く起きて炭を背負って山を下り、売りに行っていました。

そんな風に炭を売ったお金で母は学費を捻出して、弟と一番下の妹を高等学校に通わせました。ただ、すぐ下の妹・洋子は身体も弱かったし、経済的な事情もあって高校に進学できず、担任の先生の紹介で愛知県豊橋市の紡績工場に集団就職したのです。

第二章　運命の女性・富子との出会い

──生徒会の先輩と後輩で文通開始

峡南高校の生徒会で運命の女性・富子と出会う

第一章でも触れましたように、戦後の学制改革によって、私は昭和二三（一九四八）年四月、山梨県立峡南高校の一年生になりました。

ごく平凡な高校生活を送り、三年生の時に生徒会の会長選挙があって、私は周囲に推されて立候補して当選しました。二学年下で一年生だった若林富子と触れ合う機会ができたのはその時からです。

今となっては最初の出会いや第一印象なんて詳しく覚えてはいませんが、おそらく生徒会業務のやり取りの中で仲良くなっていったと思います。

最初、富子は私のことを「お兄さま」と読んでいました。私も戦争で苦労したように、富子もかなり苦労していました。「お兄さま」なんて言われて恥ずかしかったですが、「マーちゃん」と呼ばれるようになったのは卒業後、教員になってからですね……。

ただ、富子には正式に交際を申し込んだわけでもなく、いつしか交際、というより文通が始まった感じでした。私が生徒会長、富子が高校一年ということもあって、彼女は私に憧れた部分があったのかもしれません。いつも笑っていたのを覚えています。

手紙をくれるようになったのも富子の方からで、私の方から積極的に女性に手紙を出すことなんて恥ずかしくてできませんでした。

それでも、夏にアイスキャンデーを自転車の荷台に積んで売って回るアルバイトをした時、毎日のように富子が住んでいるあたりまで行ったことがありました。近所まで行くと必ず家から出てきて、富子はアイスキャンデーを買ってくれました。

二つ歳が違いますから、高校時代に一緒だったのは一年間です。富子は私と違って頭が良かったですし、頑張り屋で努力家、何より字が上手なことに感動しました。

※

富子から私への手紙

前略　その後、如何お暮らしですか。

電車の中で逢った時は、お手紙のお礼もいわずに本当にすみませんでした。何より先に十四日の明治大学主催の雄弁大会どうだったんですか、教えてね。私、あの日以来、なんだかそんなことばっかし考えていて困るから、今日はこうして書く気になったのよ。

私のような気持ちが大好き、性質に共通性があるなんて、私、本当にうれしいわ。本当にそうかもしれない。私も全くお兄さんのような気分でこうして甘えているんですものね。

それから、この間のお兄さんが書いて下さったアリストテレスの言った言葉はいいわね。

本当にそうであってこそ真の友達であると思うわ。

これからも共和に来たら必ず寄ることね。忘れちゃだめよ。今度から、富子の……。

いつも元気なことね。でも、本当よ。さよなら。

これからも、いろいろ相談かけますから、よろしくね。もっともっと書きたいですが、今日はこの位にして、又、書きます。

富子から私への手紙

「家の麦は豊作だったよ」などと、うれしそうに話している農夫の声、又、今日も脱穀機の男の声が快く聞こえてきます。お兄様も毎日、田畑で一生懸命に働いていらっしゃることと推察致します。私も毎日、一生懸命に働いております故、御安心下さい。

私、「もう学校に行きたくて仕方がありませんわ。お兄様だってそうでしょう」

これから一年間、一緒なわけですが、何にも出来ない私に、どうか妹と思って御指導下さるよう、お願いします。じゃ、お体に気をつけてお働き下さいませ。

兄がほしい妹より

お兄様へ

富子から私への手紙

拝啓

毎日お元気で働いていらっしゃるとの御様子、誠に嬉しく思います。力仕事で毎日おつかれになることでしょうね。私も、昨今の暑さには全く閉口です。

先日は無理なお願いをして本当にすみませんでした。

お忙しいことは分かっておりながら、つい、お兄さんには、いつも無理ばかりお願いしておりますが、今度の弁論大会（クラス対抗）は、私初めてでありますし、次にしようと思いましたが、クラス対抗ですと、どうしても出場しなければなりませんの。

それで、私の勉強でもありますし、やってみようと思います。

ところで、原稿が問題なんですが、私ずっと前から一生懸命に考えてみましたが、初めてなので全然要領が分からないんです。

それでね、私も、こんなに人を頼りにして、お願いしてしまうのは、どうかと思いましたが、いっそ、お兄さんに今度だけはお願いすることにしましたのよ。次回からは自分で書いて、いろいろ御批評していただくようにしたいと思いますの。

お兄さん達、今日（十四日）、ユネスコ委員の人達だけで何か御相談の会があるんでしょう。それで本当にお忙しいでしょうが、私、少しでも早くから練習したいと思いますので、出来ましたら、この二、三日のうちに、書いてほしいのですけど、どうかしら。

どのような論文でも結構ですわ。お願いだから、書いてちょうだいね。

富子から私への手紙

大好きなお兄様に

朝夕はめっきり涼しくなりましたね。私達も、もう五日程で第一学期終了ですわ。お兄さん、その後、如何でしょうか。お元気にお過ごしかしら。わずか三週間程、お便り出さなかっただけで、何か、一年も書かなかったような気がしますわ。

職業の方はどうでしょうか。一日も早く見つかることを、心からお祈りしますわ。

それから一番最初にお知らせしなくてはならないこと、弁論大会も昨日十八日に無事に終了することが出来ました。初めは五日の予定でしたが、十八日にのびました。でも、思わしくはありませんが、第三位を得ましたことは、本当に、うれしいことです。

初めて壇上に立ちましたので、本当にびくびくしましたわ。でも、今度からは平気です。大いにしゃべりましたわ。昨年に比較して、今年は弁士も多く、女子七人、男子四人で全部で十一人でしたわ。

昨年、お兄さん達が活躍された頃が思い出されます。

今度の弁論には、私、お兄さんに本当に御心配かけちゃったわ。毎日、お忙しいのに無理にお願いして……。あの駅であった時も、私、本当に「悪いな」と思いましたけど、心配のあまりに、つい、あまえて、「内藤さん」て大きな声を出しちゃったの。許してね。富子のことだから、きっと許して下さると思うけど、心配なのでね。

でも、原稿を郵便屋さんが届けて下さった時は、本当にうれしかったわ。私、すぐ和ちゃんの家にとんで行って報告したのよ。

お兄さんのいない和ちゃん達に比べて、本当に限りないうれしさと、誇りを感じたの。私には唯一人の大好きなお兄さんのあることを。満足だったわ。

今度の時もお願い致しますね、きっと。

私も勉強、スポーツのシーズンを迎えて、うんと張り切ろうと思います。

お兄さんも一生懸命にお働き下さいね。そして、いつかおひまを見て、富子の家にお遊びにいらして下さいね。きっと、言って下されば、お待ちしておりますわ。

では、お兄さん、私達、お互いに手を取り合って一生懸命にやって行きましょうね。明朗で、平和な郷土の建設のためにね。

さようなら。お会いできる日を待ちます。

とみ子

内藤さんに

いとしき花よ　汝《な》はあざみ
こころの花よ　汝はあざみ
運命《さだめ》の道は　はてなくも
かおれよせめて　我が胸に

富子から私への手紙

優さま、すぐお返事書きます。本当は昨日ついたお便り、おばさんが忘れていたと、今日渡して下さいました。

いつも書くことは同じ。別に取り立てて書くこともありません。でも、どうしても書かなければ寂しいのです。昨夜は寝苦しい晩でございました。少々頭がいたむために早く床につきましたが、どうしても眠ることの出来ない私でした。

一日の講義から解放されて家に帰ると、お兄さんのことだけです。この前のお便り、夢中で書きました。殆んど自分でも何を書いたのか記憶しておりません。ただ、お焼き捨て下さることをお願いしたことだけがわずかに記憶に残っております。

もしも誤解がありましたのなら、どうぞお許し下さいませね。

富子、文章には何の意味をも含めたつもりはございませんの。お兄さんにだけは、すべてを話せる富子なのです。今までも、これからも、お兄さんと私のことについて、何の秘密も持ち合わせませんせん。暗い面をも。

もしも私に、その暗さがあるとするならば、「予期しない運命の力」というものへの怖れかもしれません。お分かりになりますかしら。お気になさらないでいいんですわ。

きっと、私の取り越し苦労から書いた失敗でしょう。誰よりも誰よりもあなたを愛していればこそ、そういうものへの怖れが大きいのかも知れません。でも、富子はお兄さんを信じています。

お兄さんもきっと、いつまでも富子を信じて下さいますね。お兄さんさえ、本当に私を救って下さったら、富子はもう何も恐れなくなるでしょう。今だって、決して疑ったりはしておりません。

狂いそうに愛している私です。理性を失った盲目的な愛でないことも認めています。あなたの欠点も、そして長所も、あなたが私を知っていると同じように。

どうぞ、富子をお離しにならないで。しっかりお兄さんの胸の中に包んでおいて下さい。

時にはなぐられてもかまいません。愛故のあなたの「こぶし」なら、私の心には喜びとなって響いてくることでしょう。

あなたを愛しています。信じています。尊敬しています。ただそれだけです。何度書いても同じです。この手紙の紙面を全部、この字で埋めてしまいたい位です。

あなた以外の誰をも愛することの出来ない私です。又、それを望んでいる私です。せまい考えだと、お叱りを受けてもかまいません。

あなたもきっと喜んで下さることと思いますが、あなたが私の部屋を訪れた夜、あれが私のすべてなのです。今更記すよりも、私の心の分かっていらっしゃるお兄さんであることと思いますが、これからも何でも相談するつもりです。きっとお話しします。お手紙も思うままに、考えずに書きます。お兄さんも、考えず感情をまるだしのお手紙書いてちょうだい。それでいいのです。それを望みます。

いつまでも、いつまでも、お兄さまのそばから離れたくない。いつまで書いても限りはありません。もしも、今夜、おそばにいらっしゃったら、どんなことになっていたでしょう。せめてもの幸せです。

ほかに別に記すこともありません。学校も変わったことはありませんし、只々、今日も又、「愛しています」の全部です。

どうぞお元気であって下さい。それだけは二人のためにどうしても必要なことです。寒くなりますので、御無理をなさいませんように。又、よき日、お逢いできますことを信じてペンをおきます。

私から富子への手紙

拝啓
初春の雨はすっかり雪を溶かしてしまい、本当に春の訪れを感ずるようになってまいりました。お便りいただきましたが、すぐお返事することが出来ませんで、申し訳ありませんでした。あなたのお手紙、十九日には着かなければならないのに、どうしたわけか、二十四日に着信しました。

過ぎ去りし三年間、全く数多くの思い出を残している。あなたに対して私は、冷たい人間だったかもしれない。ほとばしり来る若い人の血潮は、私にとっては地味なものだった。むしろ地味なものに私がしたのだ。胸を衝く恋への憧れ、熱い肉と肉との合致……誰だって考えぬものはないだろう。

この世に人間的素質を有するものは当たり前だ。血と血がぶつかって恋が生まれ、肉と肉がぶつかって生活が生まれ、いとし児を得て人間は安住するのである。

……しかし、私は克と耐によって己のみにくい姿の出現を抑えて来た。そして、多情な異性にて、あれは私より離れ去ってゆく。それでいいんだ。俺には冷たい人間味、それは道徳と呼ばれたり、理性と呼ばれたりもする時も多かった。事実、「理知」なんだ。

君が求めるものも知っていた。分かりすぎる程よく分かった。そうして、それについて考えることは恋愛について考えることでもあった。今、それについて書くことは許せないが、只、これだけは信じて欲しい。

私は恋愛をも超越した尊い愛情、これは友情と言い得るものだ。紙一重の差、カスミ網のように薄いヴェールの向こうには、みにくい姿がある。又、美しい姿もある。だが、友情はそのヴェールを破ってはいけないということを。

心と心の結びつき、愛し合う異性二つ。本当にどれが友情で、どこから恋愛なのか。私はこの点自覚出来る人間だと思っているし、あなたもそうであると信じている。

そして、友情はいくつもあっていい筈だ。

あなたはこれから真理を探求する学生の群れに身を入れる。何時、どんな機会に異性を得るか知れない。そしたら美しく友情を勝ち得るべきだ。

そういう友は必ずあるであろう。その時、あなたが身を隠すようなことしか出来ないような人にしてしまうのは私の責任のように思えてならない。私に対するような心ですべての人に接して欲しい。きっとあなたは「よい人だ」と言われるに違いない。

第三章　恩師の助言で山奥の分校の代用教員へ
――詰襟先生と呼ばれ、「青年の主張」に出場

高校卒業の数カ月後、山奥の分校の代用教員に

富子と出会ったのは高校三年生の時でしたから、将来の進路を考えないといけない時期でもありました。同級生で教員を目指している優秀な人間は大学に行きましたけれど、私の家は貧乏ですから行けません。大学受験なんて夢のまた夢です。

当然、働くしかないわけで、とにかく定職が欲しくて、何としても公務員になりたいと考えて、まずは公務員試験を受けました。

一次試験には合格したものの、理由は分かりませんが、いくら待っても二次試験を実施する気配がありません。もう一人受かっていた私の友人は、我慢できずに高校の用務員を希望して半年働き、翌年四月に正式採用になって山梨県の職員になりました。

しかし、私は家族を養っていかないといけませんから、卒業後、建設現場で〝土方《どかた》〟を

やって、もっこ（二人一組で棒を担ぎ、真ん中にぶら下げた網に土砂や石を入れて運ぶもの）を担いでいたものです。

しばらく土方をやっていた六月頃でしょうか、峡南高校時代に数学を教えてくださった田中正次先生から手紙をもらいました。先生は山梨大学の工学部を優秀な成績で卒業した素晴らしい方で、担任ではありませんでしたが、私を気にかけてくれていました。

《お前、ずっと土方をやっているわけにはいかんだろう。似合わんぞ！》

手紙にはそんなようなことが書かれていて、その後、私は田中先生に身延線の鰍沢口《かじかざわぐち》駅でお会いして、膝を交えて話すことができました。

「お前、土方をやって食っていくわけにはいかないんだから、俺の言うことを聞け！　教員になりなさい！　大丈夫だ、教員が少ないときだから受かる」

そう言われて七月に代用教員の試験を受けたところ、しばらくして山梨県の教育委員会から合格を知らせる電話がありました。教員資格もないのに、緩やかな時代でした。

ところが、赴任する学校はものすごい山の中で、猪も熊も出るところだけれど、行く気があるなら明日にでも採用の辞令を出すと言われました。こちらは働かないといけませんから、「はい、お願いします」と即断即決して就職が決まりました。

それが下部町《しもべ》（現在の身延町）の山の中にあった「下九一色《しもくいしき》中学校折門八坂《おりかどはっさか》分校（折八分校）」です。

田中先生に会わなかったら私は代用教員にもなれませんでしたから、感謝してもしきれないほどの恩を感じています。その後も田中先生とはずっと年賀状のやりとりをしていましたが、数年前でしょうか、「寄る年波には勝てない、手紙も書けないから勘弁してほしい」と言われて……終活ですね。寂しいですけれどやり取りもなくなりました。

それでも、田中先生への感謝の念だけは片時も忘れることはありません。

学生服姿で教壇に立ち〝詰襟先生〟と呼ばれる

教育委員会の話で覚悟はしていましたが、実際に行ってみると、今まで自分が住んでいた土地が平地に思えるほどの、本当に山の上でした。周囲は炭焼きやコンニャク芋の栽培が盛んで、豆や雑穀等の作物も豊富な土地でした。分校には、山間に点在する集落の子供たちが一時間近くかけて通ってきていました。

会議で本校に行く時など険しい山道を二時間くらい歩きますが、当時はまだ若かったですから肉体的には平気でした。ただし、問題が一つあって、それは、熊です。猪はもちろん、熊が木の上にいて栗の実を食べるとか、下を通る人に襲い掛かることもあったそうです。学校の近くには雑貨屋があって、ある時、そこの女将さんに言われました。

「熊が出るよ。ちょっと待ってな」

何だろうと思って待っていると、女将さんは缶詰の空き缶を何個か紐で括りつけて、カラカラ音がする道具を作ってくれて、それを私の腰に巻いてくれました。

「これをしとけば熊は逃げるから。気を付けて行きなよ」

採用は昭和二六（一九五一）年一〇月一日でしたが、当然、貧乏ですから背広を買うお金もありません。学生服のまま学校に行って授業をしていました。

雑貨屋の女将さんには「詰襟先生」などと呼ばれたものです。

今でも覚えていますけれど、最初にもらった給料が四六〇〇円で、その四六〇〇円をもって甲府に行き、洋服屋に行って四六〇〇円のスーツを買いました。

先生は二人で、中学の一年生から三年生まで全部で二四人の生徒を二組に分けて教えていました。小学校が併設されており、学校の横には宿舎があって、私は用務員も兼ねてそこで暮らしました。ですから、富子からの手紙も学校まで郵便屋さんが届けてくれたものです。

大学の通信教育課程を受講して教員資格を得る

そんな環境の中で教鞭を執って半年ほど過ぎると、やはり自分の無力さ、学力の足りなさを感じるようになりました。

代用こそ付きますが、教員なのですから、全身全霊で生徒たちを指導しないといけない、山の中の学校に通う素直な子供たちをしっかり教えるのが自分の責任だと思いました。

しかし、心ではそう思っても、頭の中にある知識が全然追いつきません。体育や美術などはなんとかなっても、国語にしても数学にしても、英語はなおのこと、学力的に不十分です。

考えてみれば、年齢にしてもこちらは一八歳ですから、生徒とは数歳しか違いません。高校を卒業したくらいでは、教科書をちゃんと教えるには無理がありました。

ある時、これでは責任を持って子供たちを送り出せないと思い、英語の授業ではラジオを使うことにしました。「ラジオを使うけど、それでいいか？」と聞いたら、生徒はみんな、「先生の言う通りでいいよ」と言ってくれました。

当時、NHKラジオで英会話講座を放送していて、それが大人気になっていました。令和三（二〇二一）年にNHKで放送していた朝の連続テレビ小説「カムカムエヴリバディ」にも登場した番組で、当時、〝カムカム英語〟と呼ばれてブームになっていました。

それで、教室にラジオを持ち込んで、教科書にとらわれない教え方を実践しました。

一方で、知識をもっと学ばなければいけないという理由と、一人前の教師になるには教員免許が絶対に必要だということで、まずは大学卒業資格を取るために通信教育を受けることを考えました。友達に相談したところ、彼は法政大学の通信教育課程で学んだそうで、彼の勧めで私も法政大学の通信教育を受けることにしました。

そして、昭和二七（一九五二）年四月から法政大学法学部の通信教育課程を受けて四年間学び、昭和三一（一九五六）年三月に無事卒業して中学の教員資格を取りました。

これは余談ですけれど、のちに私が町議会議員になった時、履歴書に書いた法政大学卒業という記述について、県政記者室に学歴詐称だという投書がありました。

《市川三郷町で議員をやっている内藤は大学を出てない、法政大学卒は嘘だ！　俺は知っている》と言うわけです。

早速、朝日新聞、山梨日日新聞の記者がやって来て、投書の内容は本当かと質問されました。私にやましいところはありませんから、どうやったら証明できるのか朝日の記者に聞いたところ、卒業証書があれば一番いいということでした。

そこで家から卒業証書を持って来て見せると、記者も納得してその話は一件落着です。まあ、議員同士の足の引っ張り合いだと思いますが、余計なことをするものです。

子供たちの境遇を「青年の主張」で訴え全国大会へ

折八分校の代用教員になって三年目の昭和二九（一九五四）年のことです。私は、甲府で行われるＮＨＫ「青年の主張」コンクールの山梨大会に出場することにしました。折八分校での体験を知ってほしかったからです。

ある日、女子生徒のＹさんの家から、「具合が悪いから休ませて欲しい」という連絡がありました。前日まで元気で活発にしていたのにどうしたんだろうと不思議に思った私は、放課後、Ｙさんの家を訪ねてみることにしました。

すると、Ｙさんは山の中にある窯で炭焼きをする両親を一生懸命手伝っていたのです。

私は悩みましたけれど、思いきって両親に訊ねました。

「どうして、学校を休ませたんですか？」

「そんなこと言ったって、先生、炭焼きしなきゃ食っていけないよ」

私はその言葉が痛烈に心に残りました。

だったら、何で最初から炭焼きだから休むって言えないんだろう、病気なんて嘘をつかなくてもいいじゃないか……そんな風に思いました。

Ｙさんに「嘘ついちゃ駄目だよ」と言っても、「いいじゃない、お父さんのお手伝いしてるんだから」と笑顔で明るく言ってくるのです。

なぜ嘘をついてまで自分たちの暮らしを隠すのか。

貧しいことは恥ずかしいことではない。

大事なのは正直に生きることではないのか。

――そこに、私の教師としての原点があると言っても過言ではありません。

「先生だって貧乏なんだから、それこそどんどん言おうよ」

そう言っても幼い少女には分かってもらえません。貧しさを認めて克服することも、教育の大きな役割ではないでしょうか。私は、お父さん、お母さんと真っ黒になって働いていたYさんの姿を忘れることはできませんでした。

私の理想とする人物はマハトマ・ガンジーです。貧しさと真正面から向き合ったガンジー……私はこの現実を世の中に訴えようと強く心に決め、帰り道、ＮＨＫ「青年の主張」全国コンクールに応募しようと決意しました。

《たとえ山の中でも人間としてきちんと生きていかないといけない。嘘は駄目、本当のことを言うべきだ。貧しさは恥ずべきことではない》
そんな内容を書いて応募したところ、書類選考を経て、山梨県大会に出場することができました。大会には大勢の出場者がいましたが、運良く私は一位になることができ、地元の新聞にも報道されました。
山梨県大会で一位になると、次は関東甲信越大会です。大会の会場は生まれ故郷に近い浦和でした。登壇したのは一〇人くらいでしたが、またもや一位に選ばれたのです。

本当に驚くような出来事が続きまして、次はいよいよ全国大会です。

全国大会では登壇中に笑われたと思って失格に

東京・神宮外苑の青年館ホールが全国大会の開催場所で、審査委員は名だたる方ばかりでした。

当日、私が話し始めた時に思わぬハプニングが起きました。

今でも鮮明に覚えていますけれど、冒頭で「私は今、山の中の分校で代用教員をしていて、二四人の生徒と日々、勉学に取り組んでいます……」と話し始めました。

すると、前の席に座っていた六、七人の青年が笑ったように見えたのです。

その瞬間、私は頭に血が上ってしまいました。生徒がわずか二四人しかいないのを笑われたと思って憤慨し、その後はしどろもどろになってしまいました。結局、制限時間内に最後まで言い終えることができず、残念ながら失格になってしまいました。

失意のまま舞台を降りましたが、その後、審査員の方に引き止められました。

彼らは、分校に二四人しか生徒がいないことを笑ったのではないと言うのです。当時、映画の『二十四の瞳』が話題を呼んでいたので、それを知っている人は「あなたが二四人と言ったのでピンときたんだよ」というのがその理由でした。

「絶対だめだよ、くじけちゃ！」

審査員の方には、そんな風に励まされたものです。


青年の主張をラジオで聞いてくれていた富子はこう言ってくれました。

「お兄さんってすごい！　私もお兄さんのような先生になりたい……」

その時の感動は今も私の中に生きています。

また、めったなことでは反応してくれない父が、身延線の久那土駅まで歩いて迎えに来てくれたことがとても嬉しかったのも覚えています。

父が持ってくれた賞状、賞品、優勝カップ、優勝盾……教師としての原点を父が支えてくれた意味は大きかったのです。


残念なことに、折八分校も昭和四八（一九七三）年に廃校になりました。別の学校と統合されましたけれど、その後、統合された学校も廃校になりました。たまに跡地に行ってみたいと思うこともありますけれど、歩いていくのは今の私には困難です。

学校はなくなっても、当時の二四人の生徒たちとの付き合いは今も続いています。たまに家にも遊びに来てくれましたし、そのうちの一人にサラリーマンを定年退職後、植木職人になった生徒がいて、毎年、我が家の植木を手入れしてくれていました。

※

富子から私への手紙

家についたのは十時二十九分、急に寒さが増して来たように思えます。お手紙にならないまでも、目のさえるままに日記に等しいようなものを思うままに書きます。

中からかけてある塀の鍵をそっと外して、静まり帰った部屋に帰って来ると、私の帰りを待ちきれず眠ってしまった敬子ちゃんの寝顔が、私の床をも敷いて待っていてくれました。本当にかわいいものだと思いましたわ。

私はもう床に入って、この手紙を書いております。お兄さんはまだ二時間近くも寒い中に待たなければなりませんのね。甲府駅を出られる頃は、富子はきっともう眠ってしまいますね。終列車の時間を気にしながら送って下さったあなたに、「さようなら」だけしか言えなかったことをさびしく思っています。

何を忘れても、「お元気でお風邪をひかないように行ってらっしゃい」とこれだけを云いたかったのです。お分かりになって下さいますね。

それから、旅立ち前のお兄さんにお金を使わせてしまったことも後悔しています。どんなに親しくともいけないことのように思えるのです。お兄さんだけに負担をかけることはいけないことのような気がしますの。

今夜はお逢いしたばかりで別に記すこともありません。唯、最後に、あなたを愛し、あなたを信ずる心に変わりなきことだけをかたくお約束いたします。

必ずかならず、よき妹であり、よき協力者であり、やがてよき……ことを。

お父さま、お母さまによろしくお伝え下さいませね。

おやすみなさいませ。お幸せを祈りつつ、ペンをおきます。乱筆をお許し下さい。

十一月二十三日夜

富子より

優さま

私から富子への手紙

前略
大変涼しさも度を増し、寒いという言葉の方が適するような本当に秋の季に入りましたね。どう、お変わりありませんか。
僕もね、十月三日に着任しました。思ったよりも田舎のとても寂しい所なんです。しかも分校なんですよ。あのね、先ず、僕の家から約三時間はかかるし、海抜九百何米かと西八代郡下最高の村落でしょうよ。でも、下宿（といってても住宅完備）しているので不便は全然感じないね。只、世の中から切り離された天国と言った感じのする所です。教員は全部で五人です。僕は中学なので、先ず受け持ちは数学、英語、国語、体育、国文法、歴史と言った具合に広範囲な負担でした。
責任の重さを痛感する毎日でした。しかし、これが僕の今にとっては幸いかも知れない。そう思い直してがんばりました。

でも、生徒は真面目一本の性質の温純な子供たちばかりです。僕は四日、五日の二日間授業をしましたが、二日目の夜にはもう三人ばかり遊びに来るというなれなれしい、本当にお兄さんとでも思っているような素振りで、でも僕にとっては嬉しいんですよ。ちょうど君が僕を思ってくれるようにね。

で、このような孤独に生活していると、何かしら不足な感はしますね。自分のことは自分でするより外は全くないので大いなる修養でしょう。少しなれてくればもう天国のようだろうと想像しております。

私から富子への手紙

親しい富子様

御無沙汰致しました。今日も子供等と楽しく遊び回っております。山の中腹のやや平らかな場所を運動場とし、周囲には金網を張りめぐらしてある学校の運動場も、この地に住む子供等には別天地です。

子供等の数は二四人。お互いに愛の学び舎に集いて、喜び怒り、そして、真剣に学ぶことの出来ること……本当に教育の有難さをしみじみと考えさせられます。純粋な真面目さを持ったこの地の子供達には、只、熱心と愛情がなによりの幸であり、又、良き教員として求める条件らしいことをどうやら把握して来ました。

それだけに、理解のゆく、良い教育は僕のような青二才には出来ませんよ――。只、与えられる物は熱と力の若さですね。〝青春再び来らず〟あらん限りの力で教え、そして又、独学しようと頑張っておりますよ。

ようやく落ち着きを得たので、大学の通信教育の正科生となって大いに苦しもうと思ってますよ。学科は僕の好きな法律学をね。只、何かしらこの地にばかり居ることは、世間から遠く離れたように思え、一寸、気おくれしたような錯覚に捕らわれることがありますよ。

それにしても、君はその後、どうだろう。ずっと勉強しているだろうね。

君にお兄さんなどと親しまれると、妹のような気持ちがして、とても心配になるよ。君の成し得る全力を勉学にのみ費やすよう、いつも君に望むばかりだよ。

僕はこの前、少しばかりセンチな文章を書き送ったが、それは無かったものとして忘れておくれ。と言うのは、僕のなしたことが、何か学生生活の上に害を与えるような気持ちが起こり、又、君が僕のことのみに走り、勉学をおろそかにしないだろうか、などと日頃、とても心配なのさ。

僕の気持ちは決して変わっていない。しかし、君は学生だね。君の本分は学問にのみあることを考えてみた時、僕は君が卒業する迄は、只、君の影となって援助すべきが正しい道であろうと考えているよ。

少しでも君の精神が動揺しておるならば、「私には兄がいる。その兄は勉強しているのだ。私も負けずに勉強して立派な女性になろう」と言う、ありふれた言葉を胸深く秘めて、コツコツ本と取り組んでいけば、きっと君の力は大きなものとなるだろう。僕は信じている。もうすぐお正月だね。僕は数え年では二十一歳というわけ。君は十九歳というわけね。ところが、変なことには今は満年齢、未だ十九歳だよ。ね、お互いに青春の憧れ多き時代なんだね。

僕はこの頃、君に随分引かれておるよ。お互いに好きなんだね。僕は心の休みを君に求めるより外に何もないさ。僕は君を愛する。

その愛のしるし、お互いが勉強しよう。誰が見ても、恥ずかしくないように。

僕の所まで、届けてくれたお土産、有難うね。

本当に良かったよ。鏡がなくて買おうかと思ってたのさ。今は住宅の柱に掛けてあるよ。毎朝、油の切れた頭髪をくしけづるのにも鏡がなければ困るよ。もうこれからは毎朝○Kなんだよ。

写真の方も、今夜寸法を取って取りつけて何時もお会い出来るようになっているよ。細かい点までありがとう。白糸の写真までとは……本当にすまないね。只、お礼の遅れたことは申し訳ないと思っています。

もう長いこと、つまらぬことを書いたが、皆、好きな君を妹と思えばこその気ままのペンなんだよ。悪しからず。

それから、こうしてたまたま手紙を出すと、君の家で君に変な眼を向けやしないかと思うので、君から正しい友達であることを伝えて貰いたい。

僕は君を善い方へは進めても、決して悪道へは誘わない。

父・母・姉様、皆様によろしくお伝え下さるよう。

明るい交際は、相手を両親に知らせることにあろう。

富子から私への手紙

うれしいお便り、どんなにうれしかったでしょう。

この前、ペンを取った時の私の顔に比べて、又、今日こうして喜びをしたためる私を御想像下さい。

三十一日についたはずの封書、多分、お兄さんが出した後で着いたことと思いますが、どうぞ、お許しになって。

あなたの忙しさを知りすぎる程知っている私ですのに……でも、なぜ私があんなお手紙書かなければならなかったか……愛と苦しみと思慕と……が書かせたペンであることをお分かりになって下さいましね。

今日はなにより、お元気であることを知り、唯、喜びで一杯でした。あなたのために、せめてもの、祈った私でしたから。

昨年の八月、帰郷の際、初めて、お兄さんの前で「自分」を忘れた日が本当に昨日のように思えて来ます。お兄さんの手紙に、富子は心臓にメスを刺される思いでした。

自信満々で試験に臨まれるお兄さんの姿が目に見えるようでした。富子は自分の怠慢を悔いると共に、人と同じ程も続かない努力にすぐヘコタれる自分の身体を寂しく思いました。「健康でさえあったら！」……とどんなに考えることか知れません。

意地も通りません。昨夜もこんなことを考えながら、歩いた歩いた（相川先生宅より勉学の帰途）。あなたの手紙をノートにはさんで――。

ふと、「幸せは愛だけでは駄目だ」って考えが私を苦しめました。

小雨の半袖の腕に気持ちよく感じられる晩でしたが。

私は誰かを愛している。今も未来も変わりなく、だんだん深く……。そして、未来の幸せを夢見ながら、その人の幸せに至上の愛を捧げつとめるのは唯一人、自分だけでしかないような気がしている。でも、こんなことを真剣になって考えているうちに、あまり健康でない自分の体が思われて――果たしてそんな夢がと……たまらなくなって来ました。

昨夜ほど健康を欲しいと思ったことはありません。遠くあなたの幸せを祈る田舎のゴミくずでしかなく終ってしまう人生ではないかしらと……。お笑いになって下さい。

でも、富子はきっと健康になれると思います。私のために、そうであることを祈って下さい。今まで書いたのは、つまらないことです。でも、そんなことを考えることもあるという、それを記したにすぎません。

お気にとめないで。富子は今は元気ですから。


九月六日、二十二回目のバースデイ。

「おめでとうございます」

お幸せに健康で迎えられるお誕生日に、心からお祝いの言葉を言わせていただきたい気持ちです。この便り、九月六日まで、あなたのもとに着きますように。

なにかをと思いましたが、急なものですから、お許し下さい。

富子の誕生日（二十回）、八月五日でした。私にとって感慨無量の日であったことをお知らせします。


今度は、きっとお逢いしましょう。

二人ともこんなに愛しながら、お逢いできないはずがありません。富士川渡しまでいらっしゃったなら、と思います。今度こそ、きっとお逢いしましょう。

富子から私への手紙

優さま、今日は本当におめでとうございました。

この喜びの気持ちをどう表現したらよいか分からない程です。「唯、おめでとう」の他に何と言ってよいのか――。

悲しみは共にすることが容易だが、喜びを共にすることは難しいとよく申しますね。本当にそうです。でも、今日の喜びは心からのものです。私自身の喜びより大きいかも知れません。どうか、甲信越大会には、全力をつくして下さい。あまり上は望みません。でも、あなたの為に、私の為にお祈りします。埼玉県はあなたにとってなつかしい地であることをお姉さまから聞きました。その点でも、ずい分力強いと思います。

お父さま、お母さま、どんなにお喜びになるでしょう。目に見えるような気がします。

お姉さまにお目にかかれたことは、まったく予期しない喜びでした。突然、おじゃまして、本当にすまなかったと思っております。お姉さまのお幸せそうな顔を見て、本当にどんなにうれしかったでしょう。あなたとお姉さまの姿を並べてみたときの私、姉弟の美しさを(よさというのでしょうか)つくづく感じました。

今夜は少しも眠くありません。

優さま、思いのままを許して下さいね。富子は恋愛について、それが私達を幸せにするためにあるものだとは思っておりません。むしろ、私たちがどんなに強く悩みに打ち勝って、それに堪えて行かれるかを自分たちに示すためにあるものだと、こんな風に考えるようになりました。

どんな苦しみの道でも、二人の永遠《とわ》の愛情があったなら、必ず、必ず通り抜けられるものだと信じています。二つの力を合せて出来ないものがあるでしょうか。お兄さんは俺と結婚するものは苦労するとおっしゃいました。そして、俺たちの時代には……ということも。もしも、富子があなたと結婚することを同意したとしたら、お兄さんは喜んで私にその苦労を与えて下さいますね。もしも富子が真剣にそのことを考えていることを話したなら、きっと喜んで下さると思いますが。自惚れでしょうか。

本当のことを申しましょうね。富子は今までに何度となく、あなたとの生活を夢みました。そして、たとえそれが単なる夢でしかないとしても——はじめて得た真の友情のために

(むしろ恋人のためにのほうが適切かも知れませんが)、いつまでも陰の力をのばす気持ちでした。あなたの為なら、どんなことでもやりかねない私なのです。これだけは今もなお変わらない心ですが、唯、今はもしかしたら、本当にもしかしたらでしょうが、あなたのおそばから離れず、それが出来るかも知れないという考えに変わりつつあるような気がします。

もしも、それが現実であるなら、どんなにすばらしいでしょう。思うことをはっきり述べられず、又、文章に表現することも下手なのが私の欠点です。でも、真剣にあなたにお伝えしようとする私の心は必ず分かっていただけると思います。

ただ富子は、学校を卒業したとしても、私を育てて下さった父母、そして、姉のために当分は働かなければなりません。せめて、出来ないながらの報いだと思っておりますから。一生懸命働いて、親孝行な娘になることも、今の私の希みの中の一つです。お互いに信じ、お互いに愛しているならば、必ずいつまでも待ち合えると思うのです。あなたにも、勉強があります。必ず、今の希望をとげなければなりません。お兄さん自身のためにばかりでなく、その日を願い信じ、かつ祈っている私のためにも、健康に気をつけてね。健康のない夢は不可能ですものね……。分からないことばかり……

まだ、まだ、思うことを書きつくすことは出来ません。

でも、その欠点を補って読んで下さることを希望します。

このお手紙、お読みになりましたら、私にも又、ペンを取って下さいね。もし、東京ででもお渡しできればいいと思いますが、そうでなければ、着くまではずいぶんかかってしまいますね。

いくら書いてもつきません。今日はこれだけにします。もう零時をすぎています。では、お気をつけて。たのしい旅行を終えられますように、お祈りしてペンをおきます。

おやすみなさいませ。

富子より
お兄さま

富子から私への手紙

前文お許し下さいませ。

お手紙ありがとう御座居ました。すぐお返事しようと思いましたけど、土曜を前にして、もしお家の方へ帰られるのならと思い、家の方に出します。

今日まで決して忘れたのではございませんが、思いつつ入学式をもお知らせせず、本当に御免なさいね。入学から今日まで何から何までが新しい生活で、全く目の回るような忙しさの中に四月を送ろうとしております。

今までのルーズな生活から比べると、今の生活は天地の差で体の方も全く疲れ、八時限まで講義をすませて家路に向かうときは、もうくたくたになってしまいます。

私の楽しみの一つである日記を開くことさえ、ともすれば怠りがちになる程なのです。入学式は十二日の大雨でしたが、知人一人とてない環境に置かれて、唯々今までの自分の勉強の足りなさに悲しく感じさせられます。

心配するほどではないけれど、富子、やせました——。

お兄さんもお元気のお知らせ、富子にはそれがなによりのお便りなのです。

それから五月のお休み——私も是非お逢いしたく思います。いろいろお話したいこともありますし。たまにはお逢いしないと、何か、ずうっと遠い人のように思われてなりません。

ここでこんなこと言うの、お気にさわりましたら、お許し下さいましね。いつかお兄さん、こんなことおっしゃいましたでしょう。

「君は学校に入れば新しいお友達も出来るだろう。お友達（異性）は何人あってもよいはずだ。決して俺だけにこだわるな」……てね。

でも、富子はどんなに大勢のお友達があっても、富子自身（誰でもそうだろうと思う）のすべてが通じ、理解し合い、協力し合えるのは、そう何人もないはずだと思うんです。少なくとも富子の場合だけは、唯一人だけでしかないと言いたいのです。


お話がそれました。お許し下さい。

五月の予定は別にありません。出来れば二日、三日のうちがよいと思います。御都合できない場合は五日でもかまいません。

でも、富子、折門へも一度行きたい。だけど、今度の場合、まだ無理のように思うんです。

我がままで申し訳ございません。

どうか、お兄さま、下りて来て下さいませんか、どこでもよろしいと思います。いろいろな心配せず、心ゆくまで話せる場所ならば……このお手紙着きましたら、どうぞ時間と場所と日をお知らせ下さいませね。富子、きっと行くことをお約束いたします。

書きたいことは一杯でございますが、又、お逢いできるのですから、その時に回します。

眠さのために字も随分と乱れてしまいました。

どうぞ、お兄さま故に甘えました。御判読下さいませ。お逢い出来る日まで、どうか、お元気でね。お家の皆々様によろしくお伝え下さいませ。

優さまへ。

とみ子より

私から富子への手紙

今日は今までにない寒い日でした。

こんな日がこれから続くと思うと、心がひきしまって来ます。日曜日に間に合わなかったあなたのお便りを弟が届けてくれましたので、早速お返事書いております。

いつもと異なったあなたの真剣な考え方に接して、僕はためらわずにはおれません。たしかに僕にとっても苦しい質問です。しかし、僕らがこのまま愛し合っていくならば、当然すぎるくらい必然な問題だと思います。

僕は、あなたを愛しています。また、父母をも愛しています。あなたのおっしゃるように、その何れの道を進むかは難しいことでしょう。しかし、僕は、こう考えています。

生きるすべては、あなたによって結ばれることです。

従って、愛の至上はあなた一人です。あなたを失うことによって、僕の生活は終止符を打つことでしょう。限りなき愛情をあなたにのみ注ぐことによって、僕は、勇気の力を与えられると信じます。僕らは僕らの幸福を築く必要があります。

ただ、それによって父母はじめ誰にも犠牲者を出したくないというのが僕の考えです(保守的といえるでしょうか)。あなたといつまでも健康で働きたいのが、ただ一つの願いです。鍬を振るい、背負子を背負ったあなたの姿を否定しようとする努力を、僕は両親の前に払っているつもりです。

〝富ちゃんは百姓には向かない人だ〟とは母の言葉です。

〝何も百姓しなければならないとは限らない〟――これは父の言葉です。

僕の両親は二十年も会社員生活をしてきていることはお話ししました。話せば分かる。そう信じております。田が四畝、畑が二反ほど、父と母が毎日働くのには、まだ少ないくらいです。父母にはすまないが、精神的負担を少しでも軽くして働いてもらう、僕らは二人で働く。出来ることです。僕の言葉を信じてください。

ただ、僕ら二人だけが別居するか、それとも同居するかにポイントがあるだけです。こんなこと、今から考えるのは、たしかに鬼が笑うでしょうが、書かずにもいられません。父母はたしかに寂しいでしょうし、失望するかも知れません。だけど、僕らの愛情がよこしまなものでなく、両親に対する愛着が心からのものである限り、両親は必ず僕らの理解者であってくれるはずです。

僕は「あなたを愛し、強く抱きしめます」。あなたの言うように、僕らの世代に逞しい愛を注ぐために。力の抜けるほど固く……。

父はあなたに対して好感を持っております。せがれの嫁はもう決まっているみたいなことを時々口にします。母は「富ちゃん、富ちゃん」という心の示し方です。

僕の一番うれしいのは、あなたを家族全部で迎えることができるということです。何はなくても、またいらっしゃい。二十三日は村の祭りです。共和へお帰りにならないのでしたら、どうぞ、いらっしゃい。

富子から私への手紙

あなたをお慕いする心は……もうたまらない、とっても。お逢いしなければ、満たされない心なのでしょうか。優さん、お忙しいのだということを知りながら、でも、あなたからのお便りを、待ちきれない私です。

三晩も続けて、苦しい夢に、悩まされました。本当に申し上げようもない夢なのです。あなたをお待ちする心のせいでしょうか。たまたま、おいでになるはずがないと思う日でも、あなたの足音を耳にして、否定しきれない心を、ドキッとさせることもあります。

何度、おじゃましようと思ったことでしょう。あなたの家の前迄も……と思ったことでしょう。でも、じっと、我慢して、おりました……。

今日は、もう、駄目。とうとうどうにもならなくなってしまったのです。

こんな時には書けないものですね。何を書こうとしているのか、自分でも分からなくなってしまいそうです。紙上にも書けない、こんな不思議な心が誠かも知れません。

愛は量では表現出来るものではありませんわ。私には、到底に。

お手紙下さい、一日も早く。

富子から私への手紙

ただ私の夢が健康によって左右されがちであるということが一番さびしいのです。

気持ちだけではどうにもならないことのようです。

実は、ずうっとこのことで苦しんでいたのです。あなたへの愛が深くなればなる程、この苦しみもだんだん大きくなってくるのです。それはあなたを本当に愛している私の取るべき道が、二通りあるということです。

申し上げるべきではないように思いますが、今日を機会にすっかり書きつくします。

一つは、私は不幸にして健康に恵まれていない（必ず健康になれる日の来ることを信じてはいるが、時には限りないさびしさにおそわれる）。

あなたを愛し、あなたの将来を考える時、やはり力になるべき人は健康でなければならない（健康はすべてを左右する）。あなたが只一人私だけを愛していたために、あなたの将来が台無しになってしまうようなことがあってはいけない。

――誤解しないで、私は限りなくあなたを愛しているのだから――

ただ、そういうことを考えると心が暗くなってしまうのです。

もう一つは、無理に忘れようとつとめたところで不可能な心の結びつきと想うが故に断ってはみても、それがかえって大きな打撃となりはしないだろうか、という恐れなのです。

どうしてよいか全くふみ迷う心です。

でも自分の健康を忘れている時は、すべてを超えてあなたを愛する私です。不躾な言葉は許してください。大きな打撃にうちのめされ、必死になって立ち上がろうとしているあなたを見る今日の私は、又、こんな風に考えています。私はあなたに同情しているのではありません。私の力など求めないあなたかもしれません。それでもいいのです。

只、今日、私は今まで誰よりもあなたを愛して来たことを喜び、又これからもなおそうであることに生甲斐を見い出したということだけははっきりと申し上げます。元気を取り戻して頑張って下さい。

あなたは決して「ひとりぽっち」ではない。あなたと共に泣き、喜び、力を合わせることを喜ぶ女がここにいる。どんな大きな圧力にも、ショックにもたじろがない、愛という精神力に結ばれた女が。

私から富子への手紙

それから富子さん（初めて私はこう呼ぶんだね）、機会ある毎に逢って話そう。

そうすれば、心が和らかく希望が強く持てるようになるかも知れない。四年近い交際だよ。

遠慮なんか要るもんか。もう、うんと深い心の結びつきがあっていいはずだ。私は君を愛している。初めから終りまでだ……と言ったら笑うだろうか。

私も君もまだまだこれからの人間だし、一生懸命修養しよう。君が二年後に卒業する時、私も卒業してみせる。急に変なことを言っておかしいが、私は君が先生になる……ということに大賛成なんだ。

君の深い愛情をそのまま生徒に注ぎ込んで、君はすっかり明るく楽しい生活をすることが出来るんだ。どうか、より美しい女性として、私を励まして下さい。

……或る時に、私は君を思いきって突き放そうと思った。ちょうど苦しい連続が悩ましくつきまとった時だった。でも、今となってはむしろ逆になっている。苦しいからこそ君が欲しくなっている。精神的に私は安定しつつあるのかも知れない。

一晩中もだえる時だって本当にあるし、苦しい衝動に思いを馳せることだってある。しかし、自分一己の生命力の問題にぶつかった時、それは理性という強力なブレーキを固くしめなおさねばならないんだよ。分かってくれるだろうね。

私から富子への手紙

思いもよらなかったプレゼント。……ただ嬉しくって、と申し上げるより外にありません。頬づけしたいような清々しいマフラー、僕は限りない愛着を感じます。mの字に生きる恋を大切にしようと思います。

あなたが自らお作りになったものと知って、いやが上にも心震える贈り物でした。清潔な感じ、それは僕らの恋を意味するかのようです。

お小遣いから生れたプレゼントだけに、僕は本当に嬉しいのです。若し、それが虚栄のための偽りのものであったとするならば、僕は嫌です。ですから、うれしいのです。

はじめ僕は、あなたが買ったものと思っていました。でも、mの字にはっと気づき、自分の子供さにあきれてしまった程でした。

恋し合う者にとって、心をこめた贈り物ほど嬉しいものはありません。

私から富子への手紙

今、私は君を恋する喜びで胸は躍り、新しい力が湧いてくるのです。君と震えながら交わした唇も、そうした深い思慮が根底になっていたのです。友情を飛びこえ、恋する資格を私は握ったのです。離さない、絶対に離さない。あなたへの愛情をたじろがないものに、不動のものにしてしまったのです。心は大らかになり、ただひとすじの愛を君に捧げる私です。従って、私の過去に不自然なものはないと信じています。もしあったとすれば、それは私の心に巣食う野蛮な本能でしょう。

富子から私への手紙

優さま、もう十二時になろうとしています。明日までのレポートをやっと書きあげたところです。

もうお休みでしょうか、それとも机の前でしょうか。土曜を前にして、書けないことを承知でペンをとっています。

この前のお土産、〝ありがとう〟。夜の寒さを床の中で想像しながら、とうとうふけるまで一睡も出来ずにすごしたあの夜であったことをお知らせしますね。

この寒さにお身体の方は大丈夫ですか。心配しております。


自信と勇気とを克ちとったあなたを想像して、私も又、一層強くなることを決心しています。今夜は長く書くことをやめます。ただ、真実の私の心を少し書いてお終いにします。

私はこの頃、一生懸命〝強くなろう〟〝生きよう〟としています。

薄い内容しか持ち合せない自分が恥ずかしいです。あなたの前にいる私は、それだけにたまらない寂しさを感じます。誰よりもあなたの力になろうとしている自分、その無力さに愛する位置を失いそうです。あの時は、あなたに多くを問われ、只、考えました。そして。返答の出来ない私でした。でも、考えれば、だったのです。

どんなことがあっても、私の〝心〟に変わりないことは今更言う必要ありません。少なくとも私の心という点からだけは「絶対」という言葉が使えそうです。愛しています。

でも、あの時の私は、あなたの考えと私の考えとの間にへだたり、という矛盾を感じてそれを考えていたのです。

私の言う精神力という意味とあなたの言う、これの意味との違いです。私は、自分の健康ということを除いて以外は、精神力という言葉、これ一つですべてが解決できると思うのです。只、意志はあくまでも……である。といっても、結婚が伴わない場合、それはすべて無です。でも、これは仕方ないことです。

そして、あなたがおっしゃるように、私の健康について大丈夫だというならば、ここに問題はないはずです。精神力、それで足りるのではないでしょうか。他に、たとえ家庭内にどんなことがあったとしても（あなたがどんなことを考えて、私に精神力だけで解決できるか、と疑問をもっているのかはよく分かりませんけれど）、そのお互いの間に愛情があったならば必ず通れる道ではないでしょうか。

ここに大切なのは〝愛〟ということです。

人々の心から愛が削りとられてしまったなら、その結果は創造できません。だけど、このことについても、私が、いつか〝愛情だけで幸せになれるでしょうか〟と言ったのに対して、あなたは、愛情があって幸せになれないことはない、愛はそんな小さな力しかもっていないのだろうか……ということを書いて下さいましたね。

本当に愛ということは大切なことだと思います。こういう私の考えからすれば、精神力という言葉は決して不可能ではないと思ったのです。

「考え方が甘すぎますか？」

私は今、あえて結婚ということは考えたくありません。

その対象として、あなた以外には考えられない自信も手伝っているからでしょうか。あなたへのこの心が続くかぎり、それは可能だからかも知れません。

父母は、私の体も心配して、又……反対するかも知れません。でも、あなたの力でどうにでもなることです。説きふせる自信があるとおっしゃった言葉は、どんなに力強く感じたか知れません。そうあってくれることを信じ、望みます。一時的、ロマンチックな考えからではなく、本当にあなたと共に、生活を築きたいのです。新しい生活を。

只、この希望の裏の恐怖に似た感情は、あなたの知る私と、私の知る私との間の矛盾というか、あなたが期待している私というものは、今の私よりはるか遠くにある人間像のような気がしてならないということです。

ここをよく理解していただきたいのです。正直のところ、私は何も知らないのです。〝人間の深さ〟という問題でしょうか。
いずれにしても、又、近いうちにお逢いしたいように思っております。
お母さまはじめ、皆様の健康をお祈り致します。
それから、お姉さまのこと、どうなりましたでしょうか。あれからも何度か甲府に出てお
いでになったのではないでしょうか。一日も早く、明るい家庭に戻りますようにと祈って
やみません。皆さまによろしくお伝えください。
それから。お兄さま自身、お体大切に。　　　では。　　　　とみ子
優さま

私から富子への手紙

大変うれしいお便りに接して、喜びの外に何ものもありません。
今日三校時の国語の時間に生徒を中心にして俳句の観賞をしておった折……一寸したはず
みに何気なしに眼を向けると、窓越しに郵便屋のおじさんの姿を見……もしかすると……
という待望の気持ちから授業を止めたい衝動にかられました。

しかしながら、未だ時間ありという教師としての責任からやむなく授業を続けること、二十分位……終りのカネ……待ってたとばかりに我が椅子へ。やっぱり僕の机上には、あの封筒が行儀良く置かれてあるの。

内藤先生、お手紙来てるよ、と女の先生の言葉に（ちょっと血の脈動するのを感じました。僕もどうしてかと疑う気持ちにも……）何かしらそう言った所の一種の心の動きが確かに僕の心に起こったの。それを解消する如く、堂々と落着きをもって開封したよ……。

達筆（僕なんか問題にならない。僕には君のペン字が非常な快感をもって心に刺激を与えるの）……友情の表れ……明朗……快活……情愛等、僕の期待に満足なペンの跡、次から次へと達筆は続く。連続二面、一度に読了、本の間に入れる。

住宅に帰ってからは、夕食後のひと時、又、二、三回読み直した。小さな君の写真を本箱の前にセロハン紙で包んでおく。（君の体に必要な着衣のように、又、大事のため）

その時、生徒の勉強に来る者あって、君とは別れなければならなかった。……一生懸命な勉強は十時頃迄、雑談して生徒は帰る。

只一人自由な僕。布団を無造作に敷く。これからが僕の時間なの。十二時半頃だろう、寒さを覚えて僕は布団に入る。そこで又、写真を移動して、机の中に君を休ませる。公民図書『愛と反省』を頭の疲れを休ませる意味で読み始めた。

三十分位後、スイッチをひねる。真っ暗となった室にはネズミの音ばかり。寝ながらにして僕はその本の一節を忘れずに記憶した。

「恋愛とは、お互いに信じ合いながら結ばれていく友情という君の論は正しいと言えるだろう」

これは悩める生徒（と言っても大学生）の恋の悩みを恩師に打ち明けて、その返事をお願いしたのに対してのその返事の一部なの。君はどう考える。

僕はこう考える。現在の僕は誰かを愛することは出来る。しかし、お互いが信じなければならないことが大切だ。僕は、君を愛する自由と愛される自由（これは僕にはないかも知れぬ本当の事実が）を有することだということを強く信じているの。

（これは、僕が君を愛すると仮定してである。気を悪くしないで。君が好感を持ってなくても、僕をたとえ嫌いだとしても）

こう考えてくると、僕はなにか明るさと望みが未来に向かって喜ばせてくれるの。

すまないね。僕は社会人だが、君は若い学生だもの。本来は勉学を決して忘れないでやること、何時でも同じだが……。君に悪い精神的な影響を与えたならごめんね。

富子から私への手紙

優さま　おめでとう御座います。只、この一言で盡きます。
あなたの努力は信じた通りでした。やはり、勝利を得ました。姿なき、あなたの前にも、
自然に頭の下がる思いです。すべての感情を超越した尊敬の気持ちがわきあがってくるの
を感じます。どんなにか、嬉しかったでしょうね。私の喜びもあなた同様のものです。到
底、書き盡くせない喜び、ただ胸一杯の気持ちです。
〝本当におめでとう〟
大勢の聴衆の前に力強く踏み出るお兄さんの笑みが、全身にしみ通るような日でした。
昨日の一刻も、あなたから離れなかった苦しい気持ちが、今は全く喜びにかわってしまっ
ています。
今日は一日、あなたの電話を待って……すでに十時になろうとしている今も、なお、もし
やという勝手な心を断ちきれずペンを取っております。
あれもこれもと無量の感情が胸に迫って、ペンを持つ手が石のように強ばってしまいます。

いつも勝手な、同じことばかりとお叱りにならないで下さい。結局そこにいくのです。恋につきものの、独特の感情なのでしょうか。

でも、この気持ちはそうしたありきたりのものではないような気がします。今日ほど、愛することの、信じることの喜び、そして、自分の幸せを痛切に感じた日はないような気がします。

あなたの名前を紙上に見い出した時の、私の気持ち、私以外の誰とて、絶対に味わうことの出来ないものだったと思います。

私だけが、私だけが、持つことの出来る喜びだったと信じています。制しがたい苦しい胸をあなたに求めたいと思う、この気持ちも、せめてもの、許していただきたいと思います。父さま、母さま、姉さま、洋子さん……どんなに、どんなに、お喜びになるでしょう。

これからも、グングン希み通りに進んで下さい。それをのみ、のぞみます。協力を誓います。そして、私のためにも愛のむちを下さいますように。喜びに乱れた胸には文章を綴ることさえ許されていないようです。お許し下さい。御判読下さい。

富子より

お兄さま

お便り下さい、一刻もはやく。

富子から私への手紙

優さん、こう呼ぶことを許して下さい。私は、あなたを愛し、信じています。

これだけは、どんなことがあってもゆるがない。

どんな束縛があろうとも、人の心の中までは束縛出来るものではない。私にだけあたえられた自由の世界です（二十四時間が平等にあたえられ、それが如何に生かされるかが一人一人の自由であるように）。

私のこの心を重荷だと考えないで下さい。お願いです。力になれないまでも、せめて〝愛している〟というこの強い心を〝生きる泉〟に、〝希望〟と考えていただきたいのです。

ここでもう一度くり返します。決して私は物質的な幸せは求めていない。

又、人にどんなにそしられようとも、お姉さまのことではくじけません。

あなたと共に耐えていける私であるということを。只々、私はあなたの恒久の愛情にくるいを生じた時、生きていけなくなるかもしれません。本当です。

それから、私の父母、姉のことは許して下さい。父母に、姉に理解していただけなかったということは、決して、どんなに考えても、あなたの責任ではありません。

あなたはむしろ、私にとって〝生きる泉〟であり、あなたあってこそ、はげまされて来た私です。責めなければならないのは私です。

そして、私を愛し、信じながら、私を理解できなかった父母を、姉を責めなければならないでしょう。自分の心を自分の口から素直に話せない私の欠点（少なくともあなたにはすべてを語った私でした。何事においても、自分の意志表示に躊躇する心を一つの欠点としてしまったことにも何らかの原因があるように思われますが）、それにしても父母は私をあまりに子供にみていすぎたのか知れません。

そして、子供が少ないところから、又、私が育て子であるというところから、今まで子供だとばかり思っていた私をみて、急に不安になって来たのかも知れません。

又、かつて、姉が恋愛をしていた頃、あるものずきの人によって、つまらないうわさが立ったことがあった（もちろん根も葉もない）、そして、相手の人が結婚してしまった今、なお、過去の恋愛が新しい前進のために黒星となっている……ということが、余計、女の子を持つ親の心配になっているのかも知れません。

私にとって、あまりに優しく、又、冷たい姉の心はどう解釈していいか分かりません。

だけど、やっぱり私達姉妹は二人だけです……私は姉を愛している……。

最後に、我が家の貧しさを書きましょう。私は学校に行っている……あなたは私が、私の家は貧しいといっても、それ程だとは信じなかったでしょうね。皆、そうなのです。

本当に思わないかも知れません。だけど、恥をしのんで、父母に、姉に、両手を合わせながらみんな書きます（恐らくこんなことまで書き合う恋人同士はいないでしょうね）。貧しさだけは味わいました。

あなたの貧しさより多分ひどいものでしょう。父は今、生活に疲れ切っています。

こんなことを書く私は涙がとめどありません。父は善人すぎるのです。どんな仕事をしても、終戦で職を失った父に……今の年齢の父に……丈夫でなくなった父に……適さないのです。父は、すっかりくじけています。

――父を、母を、たとえ短い期間でも裕福にしてあげたら……と思う気持ちでいっぱいです――。〝貧しさは借金を生む〟私があなたに隠していたことがあるとすれば、只、この一事だったでしょう。

父の〝家の〟苦しみを人に話すことはいやですもの。こうして書きながらも、何か背筋を冷たいものが通るのを感じます。しかし、必ず分かってもらえる時が来ると思うのです。あなたが貧乏息子なら、私も貧乏娘です。

――ああ、もう書き疲れました。もう何時間か、この手紙を書き続けています――。どんなことがあろうとも、究極は私の心、一つではないでしょうか。私のこの心を誰が変えることが出来るでしょう。もし変えられるとすれば、それは、おそろしい力です。どうぞ私を信じて下さい。どんな試練にも勝ち抜きましょう。

〝私はあなたを愛している〟〝限りなく〟

二人の力で見事に勝ち抜きましょう。私の手を離さないで下さい。しっかり握って、そう、あの時のように‼　離さないで――そのままで行きましょう。急がないで歩調を合せましょう。そう、そう、ゆっくりとね。大丈夫ですわ。

今日の私は大会に臨むあなたに贈る言葉が見つかりませんでした。只、私の考えの浅いために、あなたの苦しみの負担を一つ多くしたということだけで、胸一杯だったのです。あなたのために、全力をあげて祈ります。

強く、強く生きることを誓って下さい、私と共に。

これですっかり書きつくしました。もう心の中はからっぽです。これで誤解さえ招かなか

ったなら、私の全部です。限りなき愛を捧げる

とみ子より

優さま

私から富子への手紙

僕があなたに与えられるものはただ一つ。それは〝心からあなたを愛する〟という抽象的なものです。

あなたは苦しい生活に（現実に）きっと泣き出すでしょう。現実は苦しいのです。それを克服するものは精神力……何かしら甘い、何かしら恐ろしい予感に心はひきしまります。

その上、僕らは深い関係にまで発展した美しい心が結びついている。なお、苦しいのです。出来るものなら、〝結婚〟など考えないで、少しずつ、そして、何時かは、元の二人に帰ってしまいたいのです。僕の赤裸々な心は、そうでした。でも、今となってはもう遅い。

僕はあなたと二人でどん底から這いあがりたいんだ。

出来る限り、僕は頑張る。それは単なる空々しい言葉でも、何かの力を与えてくれると思

います。新しい力。そういうものを生み出していきたいのです。僕は難しく、精神の力を考えてみた。愛情だけでも幸せは作れない。僕が言った愛情は確かに強い力を持っていた。そうだった。二人の愛情を土台として、逞しい生活を営んでいくんだ。愛情が愛情だけでなく、二人にとって幸せな生活にまで発展するような、様々な要素を生産していこう。きっと大丈夫だ。無条件に僕は楽しくなってくるよ。〝愛情はそんな強い力を持ってるんだ〟ということを、きっと実現してみようよ。

私から富子への手紙

富子様

あと三日で新しい年が来るね。忘年会をすませて帰ったのが七時、君からの手紙も嬉しく読ませて貰いました。

ふりかえって一九五四年は僕らにとって忘れられない年だった。僕はずっと将来のことを真面目すぎる位考えて来たし、行動も無責任ではなかった。若いから……ということは見逃してはいけないにしても、僕らは清潔だった。

理性はやっぱりそのまま若い人に保たれなければいけない。恋愛に限界はないと思う。しかし、限界を意識することの出来ない人は恋する資格がない。矛盾しているようだが、矛盾してはいない。分かって貰えるだろうか。

とにかく恋愛は難しい。でも、張合いのある〝生きる泉〟だと思う。確かに僕らは進歩した。そう思うんだ。

ここで一つ、負担を聞いて欲しい。私は一応勤めを持つ身。つまり社会人だね。でも、君は学生だ。ぐんぐん伸びるべき最高潮の時、何かしら悪いことをして来たような気がしてならない。失ってはならない学問の道、失わないまでも、障害にならなかったろうか。恋愛と学問の両立。考えれば考えるほど、不安でならない。

それは私にだって言えることだ。だが、君には君としての生活態度があったはずだ。プラスにならない迄も、マイナスにならなかったなら、私にはほっとする時間が与えられるんだが。君はようく考えて欲しい。

新しい年。それはただ新しい年であればいい。平凡だが、古いものよりも新しいものの方が、大方は素晴らしいものだ。恋愛にも、うんと発展が欲しい。お互い頑張ろう。学びつつ、なお恋することの真価を打ちたてようよ。力強く、逞しく、愛し合って、美しい心にしよう。もっと、もっと、もっと。

貧しくても、君はいいんだね。愛されることを私は幸福だと思っている。だからこそ、限りなく君をも愛しているんだ。何よりも先ず、健康だ。強い身体にきたえていこう。

私から富子への手紙

ずいぶん寒くなりました。お体にお気をつけて下さい。

あなたが好きだから、苦しんでいます。どうか、そんな気持ちをお許しいただきたいと思います。

愛だけで生きていけるなら、とっくにあなたを抱きしめる幸せをつかんでいたでしょう。

そして、愛する時の時間だけが僕に必要だったら、こんなに苦しまないのです。愛を永遠のものにするために、考えて、悩んでいるのです。

しかし、永遠への道が開けようと開けまいと、あなたを固く抱きしめて、皮膚と皮膚が火のように熱くなる喜びを僕は分かち合いたいのです。あなたの口から、最高の歓喜のシンボルであるなにものかが快く僕の心の底に伝わってくる喜びを味わいたいのです。
人間であることの喜びにむせかえりたいのです。
美しい人になって下さい。

まさる

富子様

富子から私への手紙

優さん、思いのままを乱文でつづるつもりです。許して下さい。
女らしさの柔かさで綴るよりも、むしろ、書きなぐりの方が真裸の気持ちが書けそうです。
今朝、お会い出来たことは喜んでいます。でも、何かしら暗い影を宿すあなたの顔を見て、
私の胸は不安で一杯でした。
偽りのないあなたのペンの跡を見てしまった今、あなたと同じ涙をとめることの出来ない
私です。何のための、誰のための涙なのか……せきとめることの出来ない涙です。
一刻も早く元のあなたにかえって下さい。決して落胆なさいますな。強くなって下さい。

人の世は偽りとみにくさの固まりだと私は思っています。あまりにも悪の多い世の中のために正しく生きようとする人の心は何の思慮もなくふみにじられてしまうのです。人の心は信じられません。常に感ずることです。でも、あなたがこのことを、姉によって、只一人しかないお姉さんによって、感じられたということは、何という悲しい、寂しいことでしょう。私が今又、お姉さんのことを口にするのは、かえって、あなたを苦しめることになるかも知れない。だけど、あなたやあなたの御両親と共に、お姉さんの幸せを祈っていた私です。それだけに、信じられないのです。本当に悪夢としか思われません。私が見たお姉さんは、仕事には苦労であっても、あたたかな幸せな、少なくともそう見えたお姉さまでしたのに……。

あなたが山梨県大会に優勝した夜、あなたを語り、妹を語り、そして、父母の優しさを語り、孝行しなければならない……お嫁に来た身では思うようにならないと、短い時間、私に語った、あのお姉さまと同じ人であるとは、どうしても信じられません。姉さまは悪夢に取りつかれているのかも知れません。何かしら抵抗しがたい誘惑に負けてしまわれたのでしょうか。それとも、今の生活が耐えられない束縛の生活だったのでしょうか。

――夢からさめてからでは遅いのに――。

あなたに愛されている私も、そして、可愛い妹も女です。たまらない寂しさを感じます。苦い過去から這い上がるだけの意志を持ち合わせたお姉さんが、どうして、又、その暗い世界へ落ちていったのか。全く分かりません。この力はなにものでしょうか。たしかに悪夢に取りつかれているに違いありません。ただ、お姉さんだけを憎みきれない、責めきれない気持ちも湧きます。どうしてでしょうか。

何とか‼ 何とか、救う道はないものでしょうか。

幸せな家庭に、良き妻として、暮らせるものを。

誤った自由を求めて……あの目もくらむような一枚のベールをはげば悪魔の醜態を見せつけられることも忘れて……途中で正気を取り戻しても足場さえなく、悲鳴をあげながら、ざらざら落ちていってしまう弱い女を、口を開けて見ているのかしら……。

あなたの妹でない一人の女として考えてみても、やはり私には悲しい寂しいことです。

あなたの心がはきだされたようなあの文面には、様々なものが読み取れます。複雑な、たまらない心が自分のことのようによく分かります。

冷静になって、失った自信を取り戻し、スリ切れた心を一刻も早く癒やして下さい。

お姉さんのことについても、私達のことについても、二人でよく考えましょう。

あなたは「決してひとりぼっち」なんかではない。

あなたの苦しみは私の苦しみです。分かりすぎる程分かっています。だからこそ、私は、あなたの心が苦しみのために私の心では溶かしきれない程、冷たく氷ってしまうことを恐れています。あなたのお手紙を見ていると、たまらなく怖くなって来ます。

「あなたを幸せにする自信がない」という言葉……。私が求めている幸せ、あなたが考えている幸せとは、一体なんなのでしょう。

私の幸せは、精神的なものです。あなたの心です。

私は本当にあなたを愛しています。そして、あなたも私を愛して下さいますね。それでいいのです。私の幸せは、夢は、恋愛をしているものの多くがそうありがちである結婚までの、結婚が究極であるとする幸せでも夢でもないのです。

むしろ、私の幸せも、夢も、結婚がスタートになることです。

お互いに相愛し、たとえ相手とどんな困難と故障の起ころうとも、相手をはげまし、引きたて、理解し、協力して行くことのできる生活、そして、その中に愛する者の成功のために力を盡し、なおかつ自分をも生かしていくということに私の幸せがあり、夢があるのです。こうありたいのです。

富子から私への手紙

静かな夜、わずかに残した葉を、重そうに支えたイチョウの木に、白い半月がかかって、時計はもう十一時をすぎました。

あなたは読書を終えて、もう、お寝みになっていらっしゃる頃でしょうか。

四尾連《しびれ》湖に初雪があったと聞き、富士に近いあなたのことを思います。もう、きっと、寒さもずいぶんきびしいことでしょうね。勉強を終えて、冷たい寝床に横たわる時、あなたを想う心は、ひとしおつのります。

明日の土曜日には、とうとうお返事間に合いません。二十三日には……と思いながら、とうとう明日も間に合わない始末です。毎日、何度となくペンをとりながら、どうしても書くことが出来なかったのです。

どうぞ、ペンにつくせない〝至上の愛〟をお受け取り下さいますよう。

四日の試験を前にしたあなたに精神的な負担を多くしてしまった、自分の愚かさに……すまない気持ちで一杯です。あなたへの心が深まれば深まる程、重なる不安と苦しみとに耐えられなかったのです。どうぞお許し下さい。

はじめから終りまで、真心の一字でつきるあなたのお手紙に、私は何とお返事書いてよいのか迷います。私の胸は、愛することの喜びにあふれております。

私はこれ以上の何物をもあなたに望むものはありません。生きる喜びは、あなたによってのみ可能となり、生きる苦しみはあなたあって、勇気にかわることでしょう。

私の生命《いのち》、生きるすべてはあなたにあります。あなたと共に生き、共に苦しみながら、たとえ、ささやかであっても二人の心の中に生甲斐を見出したい、というのが私の望みであり、生きる喜びなのです。

本当に勝手、気ままなことばかり申し上げて申し訳ありません。どうぞ、お父さま、お母さまを大事にしてあげて下さい。あなたと同じ気持ちで、私も又、あなたのお父母様を愛していきます。

お父さまもお母さまも、一人なのに愛され、愛しながら、成就する二人であってこそ望ましいと思う心も又、あなたと同じです。どうぞ、私をも信じて下さい。

あなたに対する私の〝信〟は、鉄に似て、愛は徹底しております。どんなことがあっても、もう決して、あなたと離されたくない気持ちです。

どうぞ、お父さま、お母さまにもよろしくお伝え下さい。

紙面だけでは通じないこともあることでしょうが、この心のすべてを文字につくすことは不可能です。どうぞ、今日はこれだけでお許し下さい。

限りなく、あなたを愛することを誓いつつ……。お体お大切に、もうお寝みのあなたの幸せをお祈りします……。

富子

優さま

富子から私への手紙

お手紙ありがとう御座いました。

本当に長く御無沙汰して、何だか変な気がします。もうとっくにお返事着いているはずですのに、毎日、心に思いながら、何度ペンを取っても、お手紙にならなかったのです。

あなたからのお便りも四月以来のなつかしいものでした。うれしいような、困ったような、なんとも云いがたい気持ちで封を切った私を、御想像下さい。甲府には二十三日迄で、今は久那土から通っております。

〝三週間の先生〟。本当に短い実習期間でしたけれど、大変勉強になりました。気持ちは二年生でした。

けんかの引き分けから給食まで何から何まで、全部手にかかりますが、土だらけのようなきたない手もかまわず、とびついてくるときは、本当になんとも云えない位、可愛くなります。たった十九日間一緒に生活しただけなのに、最後のお別れの日、子供たちは服にすがって離れませんでした。

別に深い感情はないのでしょうが、涙に濡れた子供たちの顔を見た時、私は子供たちのために、きっといい教師になろうと思わずにはいられませんでした。

実習中、一番うれしく感じたことは、垢にまみれた、貧しい子供たち（友達に相手にされていない）が、私のそばから離れなかったことです。

私の半分位もない小さな体に、家庭的な苦しみを背負った子供たちを見ていると、たまらなく悲しくなります。本当に実習にあたってみて、初めて、教師になることの難しさを知りました。そうして、最後に書かせた感想によって、子供たちの神経の細かさが、私にいろいろ教えてくれました。

今日は母校に来て勉強しております。なつかしい教室の香りにひたりながら、かつて、学生であった頃を思い出して、なつかしくなりました。先程まで降っていた雨がどうやらあがりましたけれど、まだまだ満足しなさそうな空はどんよりとしています。

あなたを愛し、たとえ、なにも出来ない欠点だらけの私ではあっても、あなたとの生活をのぞんでいる私であることだけを信じて下さい。その時になったら、あなただけといってもいい位、あなたの力にすべてがかかっているような気が致します。私のために。

いつか、きっとお逢いしましょう。

富子から私への手紙

優さん、昨夜はあなたのお便りを抱いたまま、いつか知らない間に眠りついた私でした。

何故か分からない涙をぬぐいながら。

このお便りいただくまでの二週間、たまらない位、不安な気持ちでした。そして又、お便りを読んで激しい自責の念に責められている私です。あなたに何の責があるというのでしょう。

欠点も責任もあえていえば私の方です。でも、私達にこんな悩みを負わせたのはあなたでも私でもない。

どんなに笑われても、責められても、あなたからなら我慢して受けられます。私はよく結局は、私は私自身にしか分かってもらえないと考えることがありますが、そんな時でも、すぐにあなただけは……と思うのです。あなただけには、どんなことでも、きっとわかっていただけると信じておりますから。

あなたを打ち消そうとした私の心も、「月並みな恋の悩み」と申せばそれまでかもしれません。でも、この言葉の中に折り込まれた意味には幅があるような気が致します――もし、私の悩みの、その種のものであるとするならば――。

これも、私の性格と、それから、宿命の子としてのぬぐいがたい悩みなのでしょうか。四つ角に立って四方から引っ張られて、どの方向に進むことも出来ず、そこに立ちすくんでいる気の弱い羊、こう申したら適切でしょうか。

あなたとなら生命を共にすることもいとわない。それでいながら、強い圧力をはねかえす力を持っていない。それだけの勇気がない。あなたがお考えになれば、問題にならない小さな悩みかもしれません。でも、女の弱さでしょうか。私にはたまらなく苦しいことなのです。問題は結局、私達の将来を考えた時に生ずるものです。

あなたを愛することは今更ではない。過去も、現在も、毎日があなたと共に精神生活であり、あなたとの生活を夢見て障害にも打ち勝って来た私でした。あなたを思い出しては、勇気を取り戻し、力を増して努力して来た私でもあったのです。

どんなに苦しくても、どんなに貧しくても、あなたと共に手を握り、立ちあがってゆくことに、幸福を見出そうとしてきたことは、あなたにも、もう何度も書きましたし、御存じでしょう。

あなたを愛し、あなたに愛されながら、二人で一体になって新しい生活を築く……そして、見い出された幸せが、私の求めている唯一の幸福なのです。

私の幸せは〝あなた〟なのです。

あなたの家にお邪魔した時も、あなたとは別にＯｎｌｙ　ｏｎｅを主張した私でした。心のせまさと申せばそれまででしょうが、やはり「愛の対象」はあなただけで一杯です。

前にも書きましたように、板ばさみになった、私の心を、どの方向にはずすべきか、これが問題なのです。心の弱さでしょうか。いずれを選ぶべきか分かりません。

私はたまらなくあなたを愛しているのです。

今日はもう書くこともつきました。何もありません。今夜は、これだけで静かな時間を過ごしたい——。

寝静まった深かい夜に一人、冷たくなりかけた炬燵に、お便り書いております。はるか遠く折門の地に、たまらない思いをはせながら——。

優さん、たまらなくあなたを愛しております。どうぞ、私のために、あなたのために、お体にお気をつけになって下さいませね。

又、書きましょう。

さようなら。

富子
優さまに

富子から私への手紙

優さん……この後は、なんて書いてよいのか、言葉が見つかりません。

お話ししたいことはたくさんあります。苦しいことは何度ペンをとっても書けません。そうかといって、お逢いしてなんかは話せるでしょうか。

お逢いしたくていただまれない。だけど、逢ってはいけない……。こういうことのどんなに多かったことか。

〝満足も　不満足もない　私達の交り〟

私も時々、そう考えます。そしていつも、これでいいのだと思うのです。私は自分を信じています。それなのに、まだまだ弱い自分をどうすることも出来ず（精神的に）、すべての考えることから解放されようとする自分を時々見出します。

本当のことを書きます。私はずうっと。もう二ヶ月程、あなたを忘れようとつとめてみたのです。あとでお話すれば分かることですが——。

しかし、それには、私はあまりにもあなたを愛しすぎていました。どうしても駄目なのです。優さん、私、どうしたらよいのでしょう。お逢いしたいです。どうしても一度だけ、そして、お話ししたいです。

誰に何て言われても、私は、いつわれない心として、あなたを愛しています。……ただ、それだけのために、苦しい。今は、何をおっしゃられても、どうすることも出来ない私の心です。何とかして、一度、お逢いしたい。せめても、そう思う心です。

何だか分からないままに書きつらねました。ただ、これだけのことしか書けないのに、何日、考えたことでしょう。書きたいことのどれ程も書けていません。

あなたの心に、いつも暗い影を残すようなお便りばかり……気になります。でも、きっと、私のために、快く、考えて下さるあなたであることを信じている私ですから。

これだけのことを書いて、どれだけ私の心を、知っていただくことが出来るでしょう。そう思うと、口惜しくてたまらない――。どうか、複雑な心のうちをお読み取り下さい。そして、こんないやなお便りはどうかお焼き捨て下さいますように。

〝あなたの富子であることを〟

富子

優さま

第四章　自ら決めた山教組反主流派へのみち

——通信教育・内地留学・そして……

内地留学制度を利用して東京大学で一年間学ぶ

山の中の分校に勤めて六年目、法政大学の通信教育課程を卒業して中学校社会科の一級免許状・高校の二級免許状を手にすることができました。

ようやく教師としての出発点に立ったわけですが、私はもっと勉強したいと思っていました。そこでいろいろ調べてみて、「内地留学制度」の存在を知りました。これは給料をもらいながら国内の大学に一年間留学できるという制度です。

〝よし！　これを受けてみよう〟と思って、昭和三四（一九五九）年に初めて受験しました。残念ながらその時は不合格でしたが、翌年に合格しました。希望大学を聞かれて東京大学教育学部と答えたところ、運良く願いがかなって東大の教育学部の聴講生になれました。

それ以前、富子もまた教員になりたいと決心して、山梨大学学芸学部教育科学科を受験して見事に合格し、昭和三一（一九五六）年三月、私と同じ年に卒業しました。もともと彼女は私より成績が良かったので、当然のことだと思っていました。

しかし、当時は就職難の時代でしたから、なかなか就職先が決まりません。山中湖でアルバイトをしたり、講師などをしたり、時には母方の故郷である北海道で働くことを検討しながら、それでも教師になる夢を諦めず、昭和三三（一九五八）年に山梨を出て、ようやく東京・大田区の西六郷小学校の補助教員になることができました。

内地留学の際、私は、たまたま教え子の父親で東京・四谷にアパートを経営している方がいて、その人からアパートに住んでいいよと言われました。管理人代わりになってくれれば家賃はいらないというわけです。申し訳ないので断ったのですが、「金もないのに見栄を張るんじゃないよ」とおっしゃっていただき、ご厚意に甘えることにしました。

富子も東京にアパートを借りて生活を始めていましたし、私も一人前の教員になれたことで、晴れて彼女とは対等の関係で会える状態になれました。この時、あらためて正式に交際をスタートさせたようなものかもしれません。

東大での内地留学が終わった後は、甲府と東京で遠距離恋愛を続けました。時々は彼女のアパートまで会いに行ったこともあります。日帰りですから、数時間、話をして帰ってくる感じでしたが、それでも富子との距離は縮まりました。

富子と結婚して立川で新婚生活を送り始める

内地留学後の昭和三六（一九六一）年四月、山梨県教育委員会から辞令が出て、私は山梨県南部町の南部中学校に異動になりました。身延山の南にあるとてもいい中学校でした。私は独身ですから、よく宿直を頼まれました。当時は仕事が楽しくて、「内藤君、宿直頼むよ！」と言われるのが嬉しくて、「三日でも四日でも連続して泊まりますよ」なんて答えたものです。

富子との結婚を意識したのは内地留学の途中です。私の両親に紹介したり、富子の御両親に挨拶に行ったりしました。

そして、昭和三六年一二月一三日に入籍し、晴れて夫婦になりました。

年内に籍が入っていれば翌年春の異動も決まりやすいということでした。年が明けた一月には、実家に友人知人を集めてささやかな結婚式を挙げました。富子は白無垢を着て、とてもきれいでした。でも、金銭的に余裕がなくて新婚旅行には行けませんでした。

富子は東大和市立第一小学校に異動になり、立川市の高松町に、駅からはちょっと遠いですけれど、六畳一間のアパートを借りて暮らし始めました。一方で私は、国鉄中央線の四方津《しおつ》という駅に近い、山梨でも東京寄りの上野原の巌《いわお》中学校に異動になり、立川から一時間と少しかけて通勤するようになりました。

結婚するにあたって、私は富子が〝養女〟であることを知りました。

事情があって、生後すぐ親の元を離れ、厳密に言えば捨て子のような厳しい現実でしたが、最終的には富子の両親が引き取ることにしたそうです。

そのため、子供の頃は「もらいっ子」とか、「捨て子」などといじめられて悔しかった記憶もあるようでした。時には泣きながら友達の家に逃げて帰ったこともあったそうです。

彼女の元々の戸籍は静岡で、実の母親は新潟の方でした。養父母からは実の子供のように愛されて育てられました。

結婚してからのことになりますが、何度か「実のお母さんに一日会いに行こう」と声を掛けたことがあります。でも、富子は絶対に首を縦に振りませんでした。

「私にとって父も母も一人です。そんな心配はいりません。気にしていませんから」

富子は毅然とした顔で、そんな風にきっぱりと言い続けてきました。

昭和三九（一九六四）年一月三日に長男が生まれました（今では三人の孫にも恵まれています）。

ただ、長男の出産の際に、医師から「身体が丈夫じゃないから二人目は無理ですよ」と言われた時の富子の涙を忘れることはできません。

「分かりました」と泣きながら承知したことは、後に現実になりました……。

その後、将来的に山梨で暮らすか、東京で暮らすか二人で時間をかけて相談しました。結局、彼女は〝私が帰ります〟と言って、山梨で教員になる道を選んでくれました。

当時、山梨から東京に異動を希望する教員は多かったのです。富子の場合はその逆で、東京から山梨に帰りたいわけですから、さほど苦労もなくスムーズに山梨に帰れることになりました。東大和の小学校に退職願を出して、山梨に帰ってきて身延小学校で働き始め、私も巌中学から地元の下部中学校に帰ってきました。

こうして、私たち夫婦は実家で両親と一緒に暮らし始めました。でも、山の中ですから通勤一つ取っても大変でした。身延小学校までは私が送るわけにはいかないので、駅まで富子をバイクの後ろに乗せて行ったりもしました。

山梨県教職員組合で人生を変える一大事が起こる

下部中に来て三年目の時、山梨県教職員組合（以下「山教組」）の役員改選がありました。私にその専従職員になるよう周囲の方たちが推薦してくれましたので、重責とは思いましたが、引き受けることにしました。そして、山教組の教育文化部長になって教育現場を離れ、今度は山の中の自宅から甲府まで通う生活になりました。

このことが、私のその後の人生に大きな変化をもたらすことになりました。

ある日、甲府市内で山教組の執行委員会があり、その後、役員たちは山教組のよく利用する旅館で麻雀を楽しんでいました。

夜も更けてきましたので、電車の時間を考えて私は帰り支度をしようとしました。すると、それを気にしてくれた執行委員長や書記長たちから、こう声をかけられました。

「内藤君、君の家は山の中だろ。無理して帰ることはないよ、泊まっていけ！」

しかし、終電車までは時間がありましたから、私はそれで帰るつもりでした。

「身延線、まだあるから大丈夫です」

そう私が言った途端、執行委員長の〝鶴の一声〟が上がりました。

「いいじゃないか！　旅館の宿泊費くらい組合費から出せばいいだろ！　気にするな‼」

〝えっ！　この人は何を言っているんだろう？〟

私はその一言に唖然とし、次第に思い切り腹が立ってきました。何しろ私の生き方は真実一路でしたから、宿代に組合費を使うなんて納得できるはずがありません。私にとって、非常に衝撃的な出来事でした。

そもそも教職員組合は、正しいことを人に教える教育者が集まる組織のはずです。それが会議が終わった後、執行委員長、副執行委員長、書記長らみんなで麻雀大会をやっています。そこまではまだ許せるとして、彼らは、徹夜麻雀の宿泊代も、食事代も……全部、組合費から出せばいいと考えているのです。組合費は自由に使えるものと勝手に考えていて、そのお金がどこから来て何に使うべきものかなんて全然気にしていないように思えました。

教育者たるもの正しいことと悪いことの線引きを絶対に間違えてはいけません。まさに驕り高ぶった考え方であり、私は絶対に彼らに同調するわけにはいきませんでした。

〝旅館に泊まって麻雀をやって、宿代は組合費から出す。そんな組合は許せない〟

その瞬間から私は反執行部の一人に変わりました。

「帰ります！」

私はリーダーたちの言葉に反発し、そう断言して旅館を後にして甲府駅に向かい、終電車に乗り込みました。当然、家に着く頃には日付が変わっていました。

憲法の精神に基づき政党支持の自由を主張する

思い返せば、その時から私は、執行部の一員であろうとも不正を許せない人間に変わっていたのです。

〝山教組の組合員の組合費がこういう形でピンハネされている。これじゃあ組合員に顔向けできない。こんなことをやっているなんて許せない〟

とんでもない不正に、まさにはらわたが煮えくり返る思いでした。すると、組合員の中には同じようなことを考えている人もいたのです。

「おい、山教組の執行部に、今度、内藤というすごいのが入ってきたぞ」

そう思っていた人もいたようで、詳しくは覚えていませんが、ある時、研究会で意気投合した人が、民主青年同盟（民青）の組合員を紹介してくれました。その中に一生懸命に教育問題を考えるグループがあることを知った私は、誘われるまま集会に参加するようになりました。

ある日、今度は別の人から誘われたのです。

「おい、内藤君、共産党に入ってくれないか？」

突然のことに驚きましたが、「君の力を借りたい」と熱心に頼まれて、労働組合と政党支持の自由に強い関心を持つようになりました。それもまた一つの大きな変化でした。

山教組は選挙となると、従来から社会党候補を推していました。

しかし、私は民青の仲間と親しい関係にあったので、普通に考えれば共産党の候補者を推すこともできたはずです。

組合員としては社会党、個人としては共産党……これはもう矛盾です。すごく悩みましたけれど、考えてみれば、組合員が一つになって社会党を応援する、お金も出す、他の候補者に全く振り向かない……そもそも、そのルール自体がおかしいと思いました。

そこで私は「政党支持の自由」という理論をみんなで議論しながら展開していきました。

個人の政党支持の自由は日本国憲法でも保障されています。そんな自由を組合は踏みにじって、大会決議をして全員一丸となって社会党候補を当選させるべく行動する。これはどうみても矛盾以外の何物でもありません。

「政党支持は自由じゃないか。なのに、なんで社会党候補を応援しないといけないのか？　おかしいじゃないか？　共産党だっていいじゃないか！」

そう主張した途端、山教組と県教委とがどう関わったのでしょうか、〝内藤は消せ！〟という風潮になっていったのです。

反主流派に身を置き異動希望も無視され続ける

反主流派になると、当然、主流派から睨まれます。すると、どうなるでしょう。

山教組は教員の人事に深く関わっていますから、当然、異動願いも聞き入れてはもらえません。一度、幹部ににらまれたらずっと冷や飯を食わされるという時代です。山教組の教育文化部長を四年間務めて教育現場に戻る昭和四六（一九七一）年三月の異動の際には、私を受け入れてくれる学校はどこもありませんでしたし、県教委からも無視され続けました。

「あんな奴は絶対に取るなよ！」というわけです。

ようやく決まった異動先は、身延線の芦川と甲斐上野の間にある三珠《みたま》中学校でした。

それも、私が内地留学を終えて南部中学校に赴任した時にお世話になった先生のお蔭でした。その時、先生は県教育委員会で人事を担当する管理主事の仕事をなさっていて、私のことを気にかけてくれていたのです。

「内藤君、どこも君を取ってくれないぞ、どうする?」と声をかけてくれて、その先生のお骨折りもあって、ようやく三珠中学に決まりました。

三珠中学は家から遠いので、その後も地元に帰りたいと思って毎年のように異動希望を提出していたのですが、山教組も県教委も地教委も全然、相手にしてくれませんでした。「内藤はアカだ！　アカの希望通りにするな！」というわけです。その結果、三珠中学で連続一一年間働きました。異動希望を出しながらも一つの学校に一一年務めるなど、前代未聞の話ではなかったかと思っています。

しかし、私の教育理念はいささかも揺らぐことはありませんでした。

教育文化部長時代から取り組んできた「教育課程の自主編成」を中心に、「子どもたちと共に創る学園祭」「修学旅行」「学級の父母と手を携える父母会」「学級通信の発行」「父母会のサークル化」など、全力で職員と共に努力を重ねてきました。

異動希望こそ実現しませんでしたが、全力投球の毎日でした。


年度末のある日のこと、市川大門町にある市川中学校の校長先生から電話をいただきました。「来年度はぜひとも、うちの学校に来て欲しい」ということでした。

当時、市川中学校は不良生徒たちの校内暴力で荒れているという噂を私も耳にしたことはありました。

「内藤君、頼む、来てくれ」

「私を欲しいって言ってくれる学校なんて初めてですよ」

私は自嘲気味にそう言いましたが、「とにかく困っているから来てくれないか?」と言われて、校内暴力の嵐が吹き荒れる市川中学校に飛び込んでいったのです。

※

富子から私への手紙

おお、私の生命。たとえ、どんなに憎まれようと、どんなにそしられようと。

愛する為に、信ずる為に、殺されようと。私は生きよう。あなたがいるから。

おたんじょう日、おめでとう。

プレゼント、そう、いろいろ考えたけど、何もあげるものがない、ただこれだけ。私の心なの。一生懸命つくりました。

生地が少し白すぎるけど、でも、私のワンピースとお揃いなの。筒袖の人形なんて、変わっているかもしれないけど、さっぱりとした感じが好きだったので。あなたのお気にめすかどうか、ちょっと心配。

机の隅にでも置いてちょうだい。そして時々、うんとかわいがってあげてね。


人形が夜だって、ちゃんと起きて、あなたを見ているわ。

そう、就職のことね。もう頭が痛くなる位考えたわ。本当にごめんなさい、でも、私、皆々、あったことをあなたに書いてしまえば、少しは楽になるの。

就職することは決まり次第、きっとお知らせ致します。

そして、九月の日曜日には光子さんのところにいきますので、もしかしたら、都合でお知らせしながら、おじゃまするかもしれません。だから、お手紙はそれまで待ってみてね。


要するに今の姉とは考え方の相違かもしれません。ただ、あなたを傷つけるようなことがあっては、と、それだけが心配です。どうぞ、私の為に、すべてを許してください。

優さん、愛しております、限りなく。

どんなことがあろうと。どうぞ、ちゅうちょなさらないで。私の心は決まっております、限りなく。ああ、私は、あなたさえ、いて下さったら。きっと又、必ずお逢い出来ることを。バースデイを暗くしてごめんなさい。お逢いした時、又。

二十九日の結果は、まだ、はっきり分からないの。

でも、もう決心はついたわ。もう北海道がいやだ、なんて考えていないわ。

十日頃までには、はっきり決めようと思っています。むしろ、今では北海道への希望の方が大きくなっている位です。

どこにいっても、きっと喜んで迎えてくれる子供たちがいることでしょう。その方がいいのです。この機会に北海道へ行くことが、かえって、私の為かもしれません。

誰も知らない中に放りだされて、自分の力だけで生きていく自信をつかみたいと思います。早く就職したい。北海道にいっても後悔はしないでしょう。

そして、一日も早く自分の力で生きていきたい。たとえ力つきて倒れることがあったとしても、子供たちの為なら、本望といえるかもしれない。

ただ、あなたがいるから。あなたを愛しているから。そう、私の力は果てることはないに違いない。どうぞお気を悪くなさらないで。

今日また、あなたのことで姉と口論しました。私がいけないのかもしれません。

でも、どうして愛することがいけないのでしょう。

愛が理論や観念で割り切れるものかどうか。姉だって知っているはずです。恋に計画性な
んかあるのでしょうか。

世間の口がなんだというのでしょう。

〝自分の幸せだけしか考えていない〟　私が？

あなただけは、あなただけは、私を信じて下さいますね。

姉と口論して、どう生きるべきかよく考えました。

「愛に生きよう」

私はあなたの中に生きる決意をかたくしました。たとえ姉が、どんなにあなたを排斥する
ことがあろうと、私は、最後に、すべてを捨てても、あなたの胸に行くつもりです。

あなたさえ、その気でいて下さったら、私は、裸のままで。

最後はあなただけです。どんなことがあろうと、あなたを愛します。

たとえ北海道へ行くようになろうと、いつかはきっと、あなたの胸にかえる私です。

きっと、きっと、お待ちになって下さいますね。私だけを、私だけを信じて下さい。

ロミオとジュリエットだって、最後まで愛したもの……。

私から富子への手紙

お人形、こんなプレゼントがあろうなぞとは夢にも思っていなかっただけに、どんなに嬉しかったか……。

本当にありがとう。君が僕の傍に、いつでも居てくれるなんて最高の喜びなんです。ワンピースの……そうでしたね、ずいぶん時間をかけたのでしょう。申し訳ありません。大事にします。君だと思って頬ずりする時もあるでしょう。机の前に常に座っていてもらいましょう。疲れたら立って、夜になったら休んでもらうつもりです。もう二人だから寂しくありません。僕にも話し相手が訪ねて来たのですから。

本当に僕を愛してくれている君の心が涙の出るくらいに嬉しくて、仕方ありません。

九月六日。満二十四歳。晴れた日でした。

恋人を持つ幸せをしみじみ想いました。こんなに気を配ってくれる人がいるのですから。

久し振りの投球で右の肩が変に震えています。書く手は重いのですが、心だけはたとえよ

うもなく弾んでいます。お人形の名前はトン子にします。（トンちゃん）
トンちゃんはいつも僕を見ています。しっかりやらなければ笑うでショ。笑ったっていいですよ。ネ、時々、注意してくれるダロ。頑張ります。だから、優しく笑ってネ。笑わない時、ツッツクよ。コラ、笑え。

かけがえのない贈り物でした。ありがとう。
僕が君の誕生日に何もしてあげなかったこと、悔いてます。お許し下さい。
僕は勝手な男かも知れん。

一九五六年九月六日二十四回誕生日に。　M

富子から私への手紙

あなたをこんなに怒らせてしまって、どうしたらよいでしょう。
嵐のように迫って来た感情をそのまま一気に書いてしまったものの、静かに考えた今、愛する姉に対して良心の呵責を覚えます。でも、たとえ姉妹であろうとも、二本の線はどこまでいっても完全に一致しないのだということを感じました。その距離の大小にかかわらず、どのような人間関係においてもね。

お手紙の中に、姉に対する怒りが書かれているのをみて、表わしがたい悲しみを禁じえませんでした。どうして、こんなに苦しまなければならないのでしょう。

ただ、私達の過去に暗い影のないことだけは、誇りに感じます。姉の言おうとする所は、あなたの解釈されたこととも違うような気がするのです。それは私にも分かりませんけれど、ただ、なんとなく、そんな気がします。

姉の考え方に不可解を感じ、その苦しみをあなたに訴えながら、なおも姉は悪くないのだという弁解するこの気持ち、到底、割り切れるはずのない矛盾です。

最後の「お姉さまをそういう境地に追いやったもの」という言葉に何かしら救われたような感じのした私でした。分かっていただけますか。

常にこうした消極的な私の考え方がいけないのかもしれません。姉はいつかもお話ししましたように、本当にやさしいのです。ただ、姉の意固地には全く手が出ません。もつれはじめたら最後なのです。

全部を話して分かってもらおう。そう思って話せば話すだけ、もつれはひどくなるだけなのです。そして、沈黙は又、なおいけないのです。本当に、それさえなかったら。

何が、何が、姉をこうしたのか。かわいそうな姉、姉の今の楽しみは、学校に、子供たちにだけあるようです。そして、姉の全力はそれに向けられているのです。

自分でも時々、そんなことをもらします。一日も早く父が丈夫になり（望めないかも知れませんけれど）、そして、一日も早く姉が結婚してくれたら、と。それだけを祈っております。姉とのいさかいの二、三日後、母とちょっと話しました。母もこうした姉のある種の「わがまま」に対して悲しみを持っているようですが、ただ、姉の満たされない気持ちと、姉に頼らなければならない今の生活に親としての責任を感じているのです。

姉も結婚したら、きっと、もっと、やわらぐに違いないと、それだけを期待しています。

母もどんなにそのことを心配していることか。

北海道、願書も履歴書も一応全部そろいました。そして、本当に行く気でした。でも、今は北海道には行きたくない。二年はおろか、五年たったたって、とっても帰れる見通しはないという北海道。とても我慢できません。あなたによって支えられている自分の心を、こんなに強く感じたことはありません。愛しています。

優さん。何度も、何度も、こんなに動揺する私を、どうぞお笑いにならないで。一度は決意した書類も揃えましたが、父は、どうしてもうなずいてくださいませんし、北海道に生まれた母は、十月から雪になるという北海道に、とても私の身体では適応出来ないからと反対します。そして、姉もかわいそうだけど、もう少し待って、北海道はギリギリの線までのばした方がよいといいます。

もう少し待ってみようと思います。だって、帰れないといいますもの。そして、もし、どうしてもだめなら、その時は、何か他の世界に道を開いてみようと思います。

北海道へは当分行きません。出来れば、私だって行きたくなんかない。

あなたを信じています。

ただ、それだけ。どこにいても、それだけに変わりはありません。

こんなに、ほら、こんなに強く。

本当に、ささやかなプレゼント。お気に召されてどんなにうれしいでしょう。

不手際な針のあとには、さぞ、お笑いになられたことでしょうね。トンちゃんだなんて、まるで、私みたい。私、小さい時から随分大きくなる迄、トンちゃんで通っていたの。

なつかしいわ。どうぞ、存分に可愛がってちょうだい。
九月八日　誰もいない部屋で　トン子
マーちゃんへ

富子から私への手紙

優さま　苦しいお便りいただき、本当に考えてしまいました。

すべてを打ち明けるということが、真実の愛だと考え違いをしていた私、あなたを苦しめることだけに生きてきたような後悔を感じています。

告白は神にだけすべきものだったのでしょうか。私、分からなくなりました。

〝なぜ、なぜ、あなたは忘れなければならないのでしょう〟

あなたをさんざん苦しめておいて、こんなことを申し上げる資格が私には許されないかも知れません。〝だけど〟私、あなたの心の中から消えて行く自分を考えると、たまらなく悲しいのです。冷静に考える時、私だって、あなたの幸せということを真っ先に考えます。

（あなたはいつか、相手の幸せだけを考えるようになると、恋は終わりだとおっしゃった。

でも、私はそれに反ばくしたい）

むしろ、あなたの為に、私などでは……と。そして、お逢いすることをこらえたことがよくありました。でも、マーちゃん、お互いにただ、〝逢わない〟ということだけで、本当にすべてを忘れることが出来るとお思いになって？

六年間という長い年月にきざまれて来た、お互いの心が完全に白紙に返る位なら、私、恋なんかしなかったかも知れません。

たとえ、どんなトラブルがあろうと、私はあなたを愛して生きよう。誰がなんといおうと、私の心だけを動かすことは出来ないのだから。もしも、愛される道を失ったなら、私は愛する自由だけで生きていこう。私は生きて行きたい。

生涯に一度、このささやかな全生命を打ち込んで愛してみたい。


毎日、くたくたになりながら、子供たちと対しております。学校にいる間は子供たちが私のすべてです。どんなに怒っても、彼等は二ヶ月間の短い教師をしたってくれます。運動会は十四日、今日でしたが、雨のために明日にのびました。

この分ですと、明日の天気も又、気づかわれます。

優さん、どうぞ、静かにお考えになって下さい。私はじっとあなたを見つめていますわ。そして、いつでもあなたを待って‼

どうぞ、あなたの信ずる道をお進み下さい。決して、私のことで足ぶみなさるようなことはしないで。もしも、あなたの努力が成功すれば、私は苦しいけれど、あなたの為に、きっと喜んであげられると思いますわ。

なんですか、お身体の具合が悪い様子、心配です。どうぞ、お気をつけになって下さい。

さようなら。

富子
いつまでも、あなたの近くに、私のあることを。

愛しています。

優さま

富子から私への手紙

自分はペンをとらず人からの便りのみを待つ……許されないような気がするものの、やはり、あの白い封筒を手にする気持ちは格別です。どんなにうれしかったことでしょう。

三十分程前から、又、雨になっています。トタン屋根にひびく雨音は春雨とは思えない程です。でも、明日は日曜だと思うせいでしょうか、今日の雨はあまり気にもなりません。今日は英語と哲学の試験でした。難科目ばかりのせいか、両方、取ろうとする欲ばりはさすがに少なかったようでした。

あとは音楽と工作理論だけ。一ヶ月間の重荷が一度に飛んでしまいそうな気がします。試験の時は食事をすることも嫌になります。でも、ふと、あなたを思うとき、女の自分が恥かしくなってきます。

内地留学の試験のこと——ただ、その心に尊敬するよりほかありません。私にとって大きなムチとなりました。反省しています。頑張って下さい。大学卒業者が必ずしも社会の優等生になるとは限りません。私にはその気持ちだけで充分です。

いつまでも、そのお気持ちをお捨てになりませんように。私も出来る限り、あなたの期待にそむかないよう、頑張るつもりです。

そう思うと、お会いしたい気持ちも、それ以上のものとなって、我慢できるような気がします。

十五日で試験は終りますが、二十二日、「歌うピクニック――うたう会――」があり、昇仙峡を主とした和田峠～千代田湖～昇仙峡～甲府というコースですが、出来れば出席したいと思っておりますので、それまでは帰らず図書館で本でも読んで過ごそうと思っております。敬子ちゃんが今日、「リルケ」と「カロッサ」の全集を借りて来てくれました。早く読みたい気持ちが走ります。

毎日のようにお友達が泊まり、この頃は一人だけの夜はあまりありません。最高記録は布団を並べて四人ですわ。

こんな生活の中に、今まで気づかなかったお友達の美点、欠点など思わぬ発見をすることがあります。その夜は、この六畳間も割れそうですわ。でも、やはり今夜のように、一人だけになってみますと、本当の私に返ったような気がするのです。静かに一人本を読んで過ごす方が好きですわ。大勢で我を忘れて騒いだ後の、孤独のとりこになった空虚な自分を見るのは全く嫌です。

質素な部屋の壁に人形を飾り、二、三枚の絵を張って、楽しむ私は、友達と共に騒いで過ごしている時とは全く別人のような気がします。

「あなたのお土産の人形」は、唯一なぐさみです。最も身近な人形のせいでしょうか、それとも……。誰も皆、この人形を好きだと言ってくれますわ……。長い間、お便りもせず、久し振りに寄せる今日も又、こんなつまらないことで終わりそうです。こんな私の、それ以上のものを、どうぞ、お読み取り下さいませね。

ずいぶん長い間、お逢いしていないような気がしてなりません。試験が終わると、今までの我慢が、一度にくずれそうです。お逢いしたい。二人だけでお話ししたい。これが偽らない気持ちです。今はそれだけで一杯です。この我がままな気持ちを、お許しいただけると思います。

お元気で、お体に充分気をおつけになって、頑張って下さいね。

健康であるということが、すべてを可能にする前提条件のように思われます。どうぞ、そのおつもりで。

お父さま、お母さまによろしくお伝え下さい。

——心のすべてをあなたに捧げる日——

富子

優さま

私から富子への手紙

お元気でしょうか。

きょう、内地留学テストに合格の内示を受けました。合格したとは……夢のようです。平常の実践活動が認められたらしいと思います。とにかくうれしいです。

一年間、東京で学べることが本決まりになったのですから……。

あなたに下宿の心配をしてもらいたいとお願いしたらできますか。一緒に生活したいけど、そうもいきませんしね。……心がけていてくださるようお願いします。

経済的な問題を考えると、小学生か中学生のアルバイトをしたいと思っているんです。そうしないと、父母に心配かけますからね。下宿も、そんな事情が活かされるとうれしいのですけど……。

とにかく考えておいて欲しいことの一つです。三月下旬……二十五日過ぎに必ず上京してお話ししましょう。

楽しみにしています。とってもうれしいです。一年間……しっかり勉強したいと思います。

希望は、いまのところ、東大の教育学部宮坂研究室を中心にしようと構想を練っています。
……会いたくてたまりません。飲めないアルコールも一本か二本なめたいなあ。君も一緒にさ……。でも、アルコールは体によくないなあ。……やっぱり、まんじゅうの方ですよ……。

今夜は宿直……明日は総練習です。君も忙しいだろうな。
毎夜、君を想います。そして、今度会う時、君がすごくきれいになっていることを楽しみにしています。

雨が上がりました。
雲が大急ぎで動いています。
どこへ行くのか、ボクには分かりません。
ボクが雲だったら、何も考えないで、
ボクのお嫁さんのところへ行くんだけれど。
そう思って空を見ると、

雲には言葉があるようです。

富子から私への手紙

お別れしてから、ずい分、日を過ごした感じがします。

すっかり秋風が立ち、青桐の葉が窓近くでカラカラと音を立てています。ソフトボール・運動会と、さぞかしお忙しい日々をお過ごしだったことでしょうね。

それにしても、お元気でお過ごしでしょうか。久方振りにこうしてペンを取っておりますと、あなたのお顔が静かに浮かんで消えていきます。まるで、私から逃がれてでもいくかのように。大好きなあなた。

今夜は切ない気持ちでペンを取りました。このお手紙をあなたが御覧になる時のお気持ちを考えると、身のかたくなる思いです。

でも、今、書かなければ……私の心が。

長い年月、私の心はあなたに向かって燃え続け、静かな炎を守りながら、いつかは、あなたの愛によって溶かされるであろう日を夢みて来ました。

思いきりあなたに甘えて見たいと思いました。自分の心を抑えることなく、思いきり心のままをさらけて、その中で、あなたに愛され、心の平和と幸福を見い出すことが出来たらと。しかし、決して欲ばりはしなかったはずの私の夢は、少しずつくつがえされていっているようです。私には分からなくなりました。何かしら敗北に似た気持ちです。

あなたは前によく、美しくなれと、お手紙に書いてくださいました。私は、あなたに愛されるために、出来るだけつとめました。そして、それは楽しいことでもありました。

学校でよく、最近、美しくなったね、なんてからかわれると、内心、ソッとあなたを想ったものでした。

でも、この頃、どんなにつとめても、どうにもならないことであるのを知りました。健康でありたいということは、ずうっと以前からの私の願いでした。しかし、年を経るにつれて、私が望めば望むほど、それは背を向けてしまうように思えてなりません。

そして、あなたに愛される条件を少しずつ失っていく自分がたまらなく悲しいです。

あなたと東京駅でお別れした日から十日目。私は右乳房上に小さな手術を受けました。乳腺線維腺腫という病気でした。

あなたにすがりつきたいほどの気持ちでしたが、必死で弱まる心にむち打って耐えました。

癌研の門をくぐった時、私は覚悟していました。もし、判定が癌だったら、私はもう生きないつもりでした。父の血が受けつがれるはずはないと思いながら、やっぱり不安をうち消すことは出来ませんでした。

学校には一週間目に出ました（入院はしませんでしたから）。

一ヶ月たった今、殆ど平常に戻っていますが、まだ疲れやすいので加減して暮らしていま
す。何日も、何日も考え続けました。来年こそは、あなたに転任していただいて、あるいは、あなたのもとで暮せるかも知れないとひそかに夢みていた私です。あなたを失うことに決心がつきませんでした。

長い風雪に耐えて、やっとここまで来たのに……という悲しみが、私にペンを持つ手をにぶらせました。愛するということは、どういうことだろうか。改めて考えてみました。そして、ようやく気を持ち直してペンを取ることが出来ました。

私は今まで、あなたを考えないで、幸せを考えることは出来ませんでした。あなたの為なら、どんなことでも出来ると考えて来ました。でも、私の考えていた幸せは、自分の側からだけ考えたものだということに気づきませんでした。

私はからだが丈夫ではありません。どんなに力んでみても、どうにもなりません。私の身

体がこんなにやせているのも、そのせいかも知れません。優さん、私、あなたのオヨメさんになっても、あなたのお力になるどころか、きっと御迷惑ばかりおかけしなければなりません。

私はあなたを愛しています。それだからこそ、あなたの幸福までもぎとってしまうことには耐えられません。あなたは、幸せになれるはずです。あなたを幸せに出来るのは、私ではないかも知れません。

今なら、まだ、なんとかなります。もう一度、よくお考えになってください。私のことや、私の周囲のことなど、気になさらないで、あなた自身の将来のことだけから考えてみてください。私は今、悲しみの気持ちでいっぱいです。でも、悔いてはいません。

あなたから、どんなお返事をいただいても、決して、驚いたりはしないつもりです。たとえ結婚出来なくとも、私は自分の心の中にささやかに、幸せを築いていこうと思います。

どうぞ、私に気兼ねなんかなさらず、あなたのために、幸せの道を選んでください。

寒くなります。どうぞ、御無理をなさらず、健康でお暮らしください。

お幸せをいのります。

筆が乱れましたが、読み返すと心がにぶります。どうぞ、ご判読ください。

とみ子

サヨウナラ

優さま

富子から私への手紙

優さま、怒らないで下さい。

私がこの手紙を書くのには、ずい分、勇気がいりました。私は何度、書きかけてはやめ、書きかけてはやめ、それをくり返したことでしょう。どうぞ、もう手紙などよこすな、などとおっしゃらないで。

とうとう決心しました。書きます。どんなにあなたに怒られても、今のこの気持ちを持ち続けるよりは、よほどましなのです。あなたから、ぷっつり、お便りがなくなってしまってからというもの、どんなにさびしい日が続いたことでしょう。

私が毎日、郵便受けを見に行き、郵便屋さんを気にしておりますので、近所の子供が、今日はもう行っちゃったよ、などと教えてくれますが、今日も、もう駄目だと、決まってしまうと、本当にがっかりしてしまいます。

優さま、あなたは毎日、どうしておいでですか。もうそろそろ、農繁休業も終りになることでしょうね。あなたが毎日、お母さまと一緒に、くわをふるっている姿を想像しますと、飛んでいきたい気持ちです。

あなたにお会いしてはいけないでしょうか。優さん、私、考えました。冷静に。神があたえて下さった、この機会に、自分を遠くにおいて、ながめてみました。

あなたのない毎日、とても耐えられません。どうぞ、つまらないなどとお思いにならないで、ごらんになって下さい。

十月三十日
毎日忘れようとそれだけを考えてみる。なんというつまらないことだろう。
ただ、エネルギーの浪費だけ。それなのに、あれ以来、一日として自分は完全に忘却し切れた日があったろうか。一日もない。
それどころか、忘れようとする努力はかえって逆に働いて来ている。そして、忘れようと努めているそのことが、すでに忘れられない証拠だということに気がついた。なんというとんまなのだろう。私は大馬鹿かも知れない。

十一月五日

〝真剣に恋し合う者同士は結婚すべきだ〟

誰かがこんなことを言ったのを思い出す。確か、武者小路だったような気がする。

私もそう思う。そして、それが自然の理であるような気もするのだ。とすれば、なぜ人々は自然にさからうのだろう。抵抗？　自然へのか？　そんなものではない。なら、自然へのシットか？　そうだ、胸を広げて自然を受け入れるだけの勇気がないのだ。情けない。

そして、私も又、例外だとは言えないかも知れない。

何故なら、私も人間だから。そして、恋しているから。

十一月十一日

自分には、まだ幸福というものがどんなものか知らない、分からない。

ある書物に、こんな意味のことが書いてあったのを思い出す。

ある青年が一人の女を愛し、結婚の約束もしていた程だ。だが、女が急死した。その時、その青年は狂気のように泣いた。だが、それから三ヶ月後には、他の女との間に子供までもうけ幸せに暮らしていたと。
だけど、今の私には、その男が本当に幸せであったかどうか、判断することが出来ない。よもや、本当に幸せであったとしても、私には、あまりに恐ろしすぎることだ。だが、これは相手が死亡した場合だから、まだいい。相手が生きて生存する場合はどうなるのだ。誰か、おまえも死んだらいいだろう……というかも知れないが。

十一月十四日
愛している？　本当なのか？　それなら何故、追わないのだ？
ほら、お前の愛している者は、あんな遠くで笑っているぞ。
はっと目が覚めた。あなたの笑顔が怒りの顔に変わり瞬間に消えた。気がついたら、私の両手は胸の上にあり、母がおろしてくれた。三時半だ。マーちゃんはやすんでいるだろうか。やっぱりだめだ。苦しい。

優さま、意味の通じないことだとおっしゃるでしょうか。たまらなくなって、やたらに書きつけたものです。姉のことは忘れましょう。それでは、虫が良すぎるでしょうか。どうぞ、お許し下さい。優しい姉です。ただ、家の犠牲です。父は、まだ六月以来、死病と闘っております。気の毒な父、ずい分やせました。父のことを考えると悲しくなるので書きません。

ともかく優さま、私は死力を盡して運命と戦おうと思います。戦うというよりも、運命を開こうと思います。静かに戸外に立って、戸の開くのを待っていようかと思いましたが、それよりも、たたけるだけ、私の一生の勇気をふるってその戸をたたきます。不可能だと決まってしまったわけではありませんもの。ともかく行ってみなければ分からない道です。行けるところまで行ってみたく思います。行ってみれば、案外、戸は開くかも知れませんわ。

たとえ開かない戸でも、よじのぼって、内側から開けるということもありますものね。その代わり、その時は相当の決意が必要だと思いますわ。〝ただ、姉さえ結婚してくれたら〟きっと出来ます。

十八日以後、私は当分、甲府にいます。お手紙は病院に下さい。

就職のことなど、いろいろお話ししたく思いますが、今日はこのことには触れずにおきます。考えない方がいいから。どうぞお元気で、お元気で。
私のマーちゃん、どうぞ、私を忘れないで。
十一月十六日　とみ子
優さま

富子から私への手紙

明日はあなたの晴れの卒業式。「おめでとうね」本当に心から、この言葉をお贈りしたい気持ちです。あなたの努力の前に両手をつきたい私の気持ちは、はるかに自分というものから離れて、先輩に対する敬服の念かも知れません。

先日はお逢い出来て、本当にどんなにうれしかったことでしょう。

あなたの前には、すべての理性を失いそうな私です。でも、静かに考え直して見た時、まだ、私達には許されるべきことではなかったような気がいたします。

お逢いすれば、あのようになることが分かり切っていながら、お逢いせずにはいられなかった私でした。でも、それは真実の愛が導いた結果であったかも知れないと思います。

昨日は、近くに幾つも結婚式がありました。美しい花嫁姿をみて、父は、母は、どんなに胸苦しい思いだったことでしょう。

私とても、父母の悲しみをどうすることも出来ないのです。優さん、母は姉をお嫁にやって、おまえに家を渡そうかといいました。たとえ、それが冗談であったとしても、私はそれになんと答えるべきでしょうか。私の心はもうあなたのものになってしまっています。でも、病身の父に、悩める母に、又、自分を犠牲にして生活の為に、私のためにつくしてくれた姉に、もしも、私が背を向けたとしたら……。弱い心かも知れませんが、現実には板ばさみの私は、どうしてよいか、ふみ迷うのです。

あなたはお信じにならないかも知れませんが、父が倒れてからの私の家の生活は、子供の感情生活などを振り返る余裕を与えていないのです。私は時々、恋に夢中になっている自分が恥ずかしい気がします。すべてを父母にぶちあける勇気は、とてもまだ私にはありません。苦しめたくないのです。

私は時々、自分をないものにして、家の犠牲になろうかとも考えます。そうすれば、すべてがうまくいく。だけど、私はあなたを愛しているのです。たとえ、あなたが私を放り出してくださったとしても、私の心にあなたが存在するという事実は、動かすことが出来ないのです。すべてをあきらめて、心にない結婚をしたとしても、私の心から、あなたという姿が消えない限り、幸せを得ることは不可能なことです。

母は、ね、昨日、こんな風なこともいいました。「おまえは、あまり遅くならないうちに御嫁にやらなければ」と。私は「少なくとも、五、六年は家にいて働くつもりだ」と答えました。そして、こんなところで生活もしたくないし、又、嫌いな人と結婚するつもりはない旨を話しました。

すると母は、「お前が好きだったら、やりもするさ。だけど、山の中からもらいに来たら、どうする」。私はドキンとしましたが、「好きな人だったら、行くさ。一生、その土地で暮らさなくてもいいんだもの」と言いました。

母は心配そうな顔つきをして、「今まで学校にやって、おまえに苦労させたくないと思ってな。姉ちゃんだって、そう思ってるんだよ」といって、座敷に入ってしまいました……。

思うと、たまらない気持ちです。どちらかを選ばなければならないとしても、今の私の心には、父母にすまないという気持ちと、あなたへの愛が同じ力で成長しているのです。

昨夜は一睡も出来ませんでした。優さん、私は自分の進むべき道が分からなくなりそうです。もちろん、あなたから去ることなど到底考えられません。あなたの妻としての自分を夢見て来た私ですから。

でも、いつかは、結局は、どちらかに傾かなければならないのですわ。自分をあまり犠牲にすることも耐えられません。そうかといって、父母や姉を割り切ることにも耐えられない……私は、あなた以外の人との結婚なんて考えるのは嫌です。むしろ、それくらいなら、私は自分の夢を大切にして、一人だけで生きてゆきたい。

考えればきりがありません。いずれにしても、将来のことは就職も決まって落ち着いてからのことにしたいと思います。

本当にお許し下さい。いつも、このようなお手紙ばかりで——。

でも、苦しみの一端をまず書きつけて、分かちあえるのは、あなただけなのです。こうして書きつくせば少なくとも、私の心は、少しの間、さっぱりします。

あなたをお慕いする私自身の心はいつまでも同じです。

あなたと共に喜ぶことの出来る私です。

富子
優さま

富子から私への手紙

あの日は全くの失敗でした。いつもながら、計画性のとぼしい私ですが、突然に、お邪魔したことを悔いております。お逢いしたい一念からでした。

光子さんが出かけてしまったということが、当然であるかのように、まるで、それを期待してでもいたかのように、わけもなく、あなたの方に歩き出してしまったのです。

約一時間の道を、二日続きの休みに、あなたは妹さんのところにでもお出かけになったのではないかしら。きっと、おいでにならないに違いない。

誰もいなくても、ただ、行くだけでいい。

もしかしたら、おいでになるかも知れない。だったら、うれしい。

こんな勝手なことを想像しながら、私はちょうど五、六メートル先を行く四、五人の学生に、まるで引きずられてでもいくかのように、あなたの家まで行ってしまったのでした。

あの時、あなたの姿を認めたことは、申し上げるまでもない喜びでした。

お逢いすれば、困ってしまうくらいお話しすることがなくなってしまうのですが、それにしても、お逢いしている時の、なんと心の静かなことか。何もお話ししないで、ただ、だまって座って、それでいて、完全に満ちたりた心。こんな時は、本当に自分の姿に返ったような気がするのです。

愛には、完全なる愛には真心あってのみ。言葉を要せず。という言葉の真意がわかるような気持ちでした。あなたが急に上京しなければならなくなった時、妹さんに対する不安の気持ちの後で、ちょっとしたさびしさがないでもありませんでしたが、でも、むしろ、多くを教えられたような気持ちでした。

あの時のお母さまの不安気なお顔が忘れられません。本当にひどく後悔しております。どうか、私に代わってあなたから、深く御母様におわびを申し上げて下さい。あなたの家にお邪魔する度に多くを教えられます。そして、不安も増し、反省を加える私です。

出来るだけ、あなたの理想像に近づくために努力するつもりです。

就職には当分遠いかも知れませんが、辛抱強く待ちます。どうぞお元気でお働き下さい。貧しい子供たちのために。子供たちは、あなたを信じ、きっと伸びていくことでしょう。

皆々様によろしく。書きたいことはつきませんので。

さようなら

富子

優さま

富子から私への手紙

蝉の声に押し潰されそうな駅の控所でペンを取りました。

この暑さに、お変わりございませんか。

書かなければ、お知らせしなければならないことが胸一杯につまり、思うようになりません。でも、あなたは十九日から東京でしょう。だから、どうしても今日中には、このお手紙を届けなければならないの。

どんなに頑張っても、来年の三月までですわね。お互いにやりましょう。

忘れないうちに、私の、夏休み中の予定をお知らせしましょうね。

七月は六日から十五日迄、北新小学校で観察が行われました。観察とはいっても半分は実習のようなものでした。担任になるのは二年生で、四十三人のクラスです。

もう子供とはすっかり慣れて（電車の中で字が乱れてしまいます。でも、書かなければならないので続けますね。お許し下さいね）、名前も殆んど覚えました。この間のことは又あとでゆっくり書きます。

今日十七日からは三日間の予定で、富河小学校分校（徳間）に出かけます。うまくゆくかどうか、ただ、少しでも、教壇と子供に慣れたらと思っております。

二十三日頃から一週間は、書道の練習で学校に出かけます。

八月は九日に、北新小学校のおたのしみ会（貧しい子供のため）に出席します。

十一日から十四日迄は、集中講義があって学校に出かけます。

二十三日からはやはり書道の練習です。

大学生活最後の夏休み、なにか気ぜわしい感じです。

九月一日からは、本格的な実習になります。この日から、私の第一歩でもあり、教師の第一歩が始まるわけです。今日は本当に用件だけ、細かいこと、その他……は、又、次の時か、お逢いした時にゆっくりお話しすることにしますわ。

あなたの予定も、どうぞお知らせ下さい。多分、家におりますので。お休み中に又、出来たら一日、ゆっくりお逢いしたく思います。

お体に気をつけて勉強して下さいね。くれぐれも暑さにお負けになりませんように。では、又。電車のゆれる通りに字も傾いてしまいました。これも又、おもしろいと思いますので。

徳間という、目的地につきました。

第一印象をお知らせしましょうね。一筆だけ。

学校は藍色の山が前に迫った山間にあります。右側には、透きとおるような美しい水が、
涼しい音を立てて流れています。

なにか、あなたがいないだけで、まだ見たことのない「折門」のような気が致します。どうしても一度だけは行きたいと思う場所だけに、特にそう感じるのでしょうか……。

とぎれとぎれの文章になりましたけれど、断片的な思いだし書きだとお思いになって下さいね。今度こそ、お別れしましょうね――今日は。

水の音だけが、心のすべてを占めているような日――午後――三時二十三分――たまらなく、あなたを求める瞬間――。

お元気であってください。又、書きます。

優さま

私から富子への手紙

私は今、激しい力で君を抱きしめたいような衝動にかられて心が乱れている。こんな表現でお笑いになるかも知れないが……どうしようもない炎なのです。せめて傍に君が居ないだけで私は幸せなんだ。そして、やがて冷静にかえってゆく、私のたまらない心なのです。

きっとお分かりになってくれると信じます。慕われれば慕われる程、苦しいのに、こんなことを書いてしまいました。それ程に、今夜の私は君を愛しているのだと言えるかも知れません。虚栄を憎み、清潔な心、私達の友情が限りなく発展してゆく過程に心から愛し合う瞬間を私は欲しい。それは神様だってお許しになると思う。それは美しい清い燃えるような愛情だと思う。

誰も居ない部屋で一人ぼっちのペンであることを惜しみなく君に告げたい。

ふくよかな心に微風がそよげば、君の胸は大きくゆさぶられるであろう。頬よせて淡い吐息が激しくもつれ合う時、黒い瞳が濡れひたぶるに白い涙となって素直な唇に落ちていくでしょう。
思いきって、夢中で、愛したい。それは美しくなくてはならない。かすかな興奮に心が純化されるものであるはずです。六月の終わりの風が吹いてゆきます。或る晴れた七月の日に、きっとお会い出来るものと信じます。

愛はすべてを許して尚あまりあり。

君のくれた言葉ですね。
富子さん、たまらなく哀れな文になってしまいました。それでもいいと思います。思いつめた日の私の幻想なのかも知れません。
富子さん、すぐお返事下さい。待っております。

優

富子様

私から富子への手紙

あなたを私は恋している。それは結婚を意味するものだ。どんなことがあっても、お前と呼べる日を待っている。あなたの言うように、五年でも、十年でも……。私の夢は、あなたを忘れては破滅を意味する。

あの晩、人目を避けて固く結んだ唇を、今改めて意識してみたい。あなたも強烈だった。私よりもずっと、あなたは大胆だった。そのことは、愛情の深さを示すものだろう。これからも、愛して、愛していこう。

一度、二度、許した唇を、私は独占しなければならぬ。ふくよかな胸のあたりに。

私から富子への手紙

昨夜はどうにもならない程、君を求めました。夢を見たのです。

君と一緒にいて、僕はすごく幸せでした。すごく興奮してしまって……君に愛されていたのですから。

あれから一ヶ月……になります。お便りもせずにいるのが不思議なくらいです。書こうとしても、思うようにペンが進まないのです。

あの時は、君はすごくやせていて、僕は心配でした。どこかに無理が……と今でも思っています。どうか気をつけてください。元気で、そして若々しくて、そこに長い間を我慢して来た何かを発見したいのです。そして、誇りに思いたいのです。

もうすぐ六月です。休みになったらきっと行きます。会わなくてはいけない二人なのですね。そして、愛をより一層確かなものへ発展していくことが大切なことだと思っています。

二人がぴったりとより添っている姿を、僕はかけがえのない美しいものとして強く求めています。

来年は結婚しよう。いろいろ困難な問題はあるけれど、一緒に……そう思ってがんばっています。

君のすべてを……固く固く抱きしめて、そのまま眠ってしまいたいような今です。狂おしいような愛を心の中に感じて苦しくなります。

会える日を楽しみにしています。

私から富子への手紙

愛する人に。

お手紙ありがとう。母が「来てるよ……」そう言ってくれました。父はあまり口を聞きませんから、その代わりを母が、あれこれ言うのでしょう。

結婚することを心に決めた今、僕も、すぐあなたを想います。電気器具売場で、あの電気釜がいくらかな……これがあると二人分は楽だなあ……。金をためて買っておくかな……。こんなわけです。アイロン一つでも、食器一つでも、君との生活が土台になって来ました。結婚後の生活を二人で考えましょう。

それが楽しみになって来ました。同じ買い物でも、君とダブらないものを買う必要を感じて来ています。おかしなものです。きっと君も同じだろうと思っています。そのためにも、二人でときどき会って、生活の夢を画くことが大切ですね。

あの晩、二人でしっかりと抱き合ったことが、こんなにも心を落ち着け、こんなにも喜びを与えてくれたことになったのです。

体と体が一緒になったのでなく、心と心がしっかりと抱き合えたのでした。うれしくてしかたありません。

あなたは僕の期待していた人になってくれました。僕という人間は、わがままで、ズクなし（怠け者）で、口ばっかかたたく嫌な男です。

でも、その中に、生きるというエネルギーと、愛するというヒューマンな精神を持っているつもりです。君をずいぶん苦しめたでしょうが、でも、今の僕には、もう何もありません。君を愛し、君と一緒に生活する意欲だけがあるのみです。

僕たちの結婚は、きっと幸せです。

それを僕たちだけが知っているはずです。

そのためにも二人でがんばってみましょう。本当に月に一度くらい会いたいですね。ただ、そうばかりいかないことに現実の問題があります。しかし、我慢できますね。

寒いので、気をつけてください。人間は、本能的に自分の愛するものが痛めつけられることを極度にいやがるという習性を持っています。

会いたくてたまらないのです。

さようなら

まさる

富子さま

私から富子への手紙

あなたからの電話を受けた時、さっそくにもと思ったのですが、つい婚姻届けが遅れ、戸籍抄本もいまだ……の始末、お叱り覚悟です。

書類作成を失敗したりして、やっと届けだけはパスしました。あなたが（仁科）富子だと知った時は、かすかな動揺を感じました。

養母、そして、養女と、はっきり記入する時にも、それは同じことでした。

あなたの本当の父も、そして、母もいるのだ……別なところに、どうしておられるのか……と思った時、あなたの夫である僕は、ひとしお、父、そして、母を求めたくなるような思いでもありました。

でも、触れてはならないことでしかありません。

あなたの心を思い（ずっと以前、話したことがあったね）、僕は妻である富子をしっかり支えなければならないと、新たな感動を心の中に持ちました。

手続きは済みました。妻……富子。新しい喜びです。

抄本三通、必ず三日ほどのうちに送れるでしょう。依頼しましたから、しばらく我慢して
欲しいと思います。速達で出しますので。

愛しています。息が詰まるほどに想っています。

富子から私への手紙

お元気のことと思います。
昨夜はあなたを求めて、やみませんでした。逢えないと思えば、余程に逢いたい気持ちが
つのり、どうしようもありませんでした。
考えてみれば、まだ、幾時もたってはいないのに、どうしたというのでしょう。
すぐに、お便りしようと思い、何度、ペンを取っても駄目でした。いつもあなたへと一直
線に走る心の激しさにペンの動きが止められてしまうのです。今月の日曜日は、どこにも
出ずに家にいます。あなたがそばにいてくださったら、と思います。

異動の話はどうでしょうか。私も今、そのことで大変です。思ったよりも困難な状態に驚いてしまいました。

でも、四月からのことを思えば、どんなことをしてでも、帰らなければならないと思い、一生懸命です。この間も、一日休暇を取って、かけずり回りました。明日も八王子まで出かける予定です。ぎりぎりのところまでいかないとはっきりしないのではないかと思いますが、出来るだけやってみたいと思います。あなたの方もお願いします。

この間から、学校の出勤札と出勤簿が内藤に変わりました。とっても変な気持ちです。子供が、若林内藤、変な名前だな、なんていったり、ナイテル先生なんて呼んだりします。一人の子供が、先生、結婚したの、旅行に行ったの、ケーキ食べたの、と立て続けに聞きました。もう一人の子供は、結婚て家にお父さんが来ることだよと言い、赤ちゃんが生まれることだとも言いました。大変おもしろいと思いました。

子供たちにもはやりそれなりの受け取り方があるものです。的確にかわいい表現でしょう。この間、お父さんから、お便りいただきました。あなたが宿直だったことも知らせてくれました。

洋子さん、男の赤ちゃんが生まれたって、本当に良かったですね。お父さんも、お母さんもきっと大喜びでしょう。はやく孫の顔が見たいと書いてありました。今は久保にいるのですか。安産だったそうですね。本当に良かったわ。どうぞ、よろしく伝えてください。どんなものをあげたら、喜んでもらえるかしら。

寒さのきびしいこの頃ですが、どうか、風邪をひいたりしませんように充分御注意なさって下さい。お父さん、お母さんにも、どうかお身体を大切にしてくださいと伝えて下さいませ。あなたの御両親は私にとっても大事な父母です。あまり御無理をなさっては困りますわ。それでは、また、書きます。お仕事の間をみて、どうか、お便りください。これから、美容院にセットに行ってきます。今、午後四時半です。

さようなら。

とみ子

優さま

第五章　荒廃した中学校の立て直しを決意

――六人の仲間と不良生徒たちに立ち向かう

不良が幅を利かせる荒れた学校に赴任

自分で言うのもおこがましいですが、教育者としての私はいわゆる教育一筋で、全身全霊を注いで子供を指導するというタイプ。教育以外は見向きもしませんでした。

そんな私が校内暴力で荒んだ市川大門町立市川中学校に初めて足を踏み入れたのは、昭和五七（一九八二）年の三月二七日のことでした。

山教組に干された私に、あえて白羽の矢を立ててくれた市川中学校は、甲府盆地の最南端で八ヶ岳まで雄大な眺望開ける丘陵地に位置していました。

その日、私が校門を通って中央玄関に入ろうとすると、頭に鉢巻きをした女子生徒数名が座り込んでいるのに驚きました。私が「こんにちは」と声を掛けても返事はありません。やはり評判通りの学校だなと覚悟しつつ、校長室に向かいました。

玄関にいた女子生徒たちは何をしているのかを校長先生に訊ねると、彼女たちの学年は非常に問題が多いため、これまでの四クラスを五クラスに増やし、一クラスの生徒数を少なくして指導の充実を図ろうとしたところ、「自分たちの学年は不良ばかりだから、仲のいい人間を遠ざけて友達付き合いを分断するのが狙いなんだろう！」と文句を言ってきたそうです。

確かに、校内のあちこちに《組替え　絶対反対！》などと書かれたビラが張ってありました。私は着任早々、トラブルの現場に直面し、たとえどんなことが起きても絶対に負けるわけにはいかないと決意を新たにしました。

詳しく話を聞くと、とりわけ二年生が荒れていて、問題を抱えているそうです。

授業となると、ノートはもちろん、筆記用具さえ持ってこない生徒もいたのです。休み時間になるとトイレに十数人がたむろし、女子生徒は鏡の前でヘアースタイルを整えることに夢中になり、始業のチャイムが鳴っても教室に入ろうともしませんでした。

また、タバコの吸い殻があちこちに散乱し、授業中でも平気でガムを噛み、あろうことか他の教室へ勝手に侵入したり、廊下を歩きながら戸を叩き散らす……そんな異常な行動が目立っていました。休み時間の教室で下級生へのリンチ事件さえ起きたのです。

荒れた学年のクラス数を増やす試みが反発を呼ぶ

そんな荒れた二年生の中でも、特に問題が多かったのがA組でした。

二Aには男子生徒が二四人いましたが、その半分の一二人が自分たちを「ワル」と呼んでいました。彼らは額を青々と剃り込んだり、髪にポマードを塗りたくってギラギラさせたりして、大抵は集団になって行動していました。

恒例行事である四月の小室山への遠足の際も、係活動を提案した女子生徒を恫喝し、「自分たちがやりたくない時は絶対やらない」と主張しました。

既に三月二〇日には修学旅行を終えていた生徒たちの関心は、やはりクラスの編成替えでした。

修了式の二日後に行われた二年最後のPTA役員会で、四クラスから五クラスへの学級編成の方針を決定して理解を求めたところ、それを知った女子生徒たちは春休みを返上して連日学校に押し掛け、朝から夕方までクラス替え反対のアピールを始めたのです。

クラス替え騒動の一方で、私が初めて出席した職員会議では、新三年生の学級担任が決まらないまま三時間も過ぎていました。みんながみんな、それぞれに理由を挙げて最悪の学年となるであろう新三年生の担任になることを嫌がったのです。

結局、打開策は見つからず、今までの担任はそのまま四クラスを受け持ち、私自身は学年主任を兼務しながら新たに増えたクラス（B組）の担任になりました。

ある先生が放った言葉に、私は感銘を受けていました。

「学年の枠を越えて、みんなで取り組むことの重要性を訴えたかった。指導力をいろいろ指摘されてきたが、今こそ、全校ぐるみの実践が必要だと思います！」

次々と起こる問題行動の後始末に追われる日々

こうして新学期が始まり、六月初めの父親学級で、私たちは思い切って学校の実態を説明しました。それは、父母と共に本気になって、教育の在り方を追求していこうとする決意の現れでもありました。学校で起こっている実態から目をそむけず、父母の前でも決して秘密主義を取らないことを決めました。

一年生の学年集会妨害事件や他校生との集団暴力未遂事件、非常ベルのいたずら、お好み焼き屋での騒動……など、新三年生はひっきりなしに問題行動を起こし、私たち教師は毎度、毎度、その対応に追われれっ放しでした。

中にはこうした事態を初めて知った父母もいましたが、いずれにしても、緊迫した会議の中から、やはり父母と教師が一体となって取り組むことの重要性が指摘され、今後は両者が固く手を取り合って前に進もうということが決まったのです。

そんなある日、石田中学（仮称）と城西中学（仮称）の決闘に、市川中学が助っ人として頼まれたという情報が流れました。周囲の中学を巻き込んだこの決闘は、幸いにして事前に避けることができましたが、私はそれで良しと思わず、ワルたちに直談判を試みました。

私が身延線甲斐住吉駅に行くと、待合室にはツッパリスタイルで徒党を組み、タバコを吸い、コーラを飲んで大騒ぎしている彼らがいました。

決闘の話を私が非難すると、彼らはみな「てめえらには関係ねえ！」と、教師には関係ないの一点張りです。私は怒りをこらえて、緊急の父母会を開くことにして、そこにいた一四人の生徒とすべての父母を個別に指導しました。

新しい規則に反発する不良生徒に立ち向かう

それでも徐々に私たち教師の熱意が生徒たちに伝わってきたのか、一人の生徒が少しずつ軟化の姿勢を見せてきたのです。

ところが、四月に全校生徒が朝のラジオ体操に参加するという規則ができました。規律ある行動を学ばせたいという願いでしたが、これが三年生の態度を硬化させました。

「なぜ、今年になってから急にやりだすんだ。俺たち三年がワルだからか！」

そしてある日、生徒たちの怒りが爆発します。ラジオ体操に集まるよう号令をかけても、ワルたちは集まりません。再三再四、「集合！」を指示する私を目がけて、次々とバットで打ったソフトボールが飛んできたのです。さすがに私も我慢できず、ソフトボールを持った一人の生徒の襟首を掴みました。

「やめんか！」「おい、やめろ！」

私が何度そう言っても、生徒はソフトボールを離しません。やがて、生徒たちはバットを持って私に詰め寄ってきました。

「やりすぎだろ！」「汚ねえじゃないか！」

生徒にそう言われても、私には既に覚悟ができていました。

〝体を張ることで、どこまで彼らの中に飛び込むことができるだろうか。やってみるしかない。とにかく飛び込もう。今はそれしかない〟

私は金輪際、一歩も引くつもりはありませんでした。

「先生のやってることはそんなに汚ねえのか。じゃあ、お前らはいったいどうなんだ。先生は正しいことを守るためにやってるんだ。……汚ねえのはどっちだ。チャイムが鳴っても集まらない。並びもしない。勝手に遊んでいるお前らの方が、よっぽど汚なくはないのか。……バットを振り回し、脅かそうったってそうはいかん。……誰でもいい。自分のやってることが正しい、間違ってないと思うんだったら、俺にかかってこい……」

私がそう言い放つと、さすがに誰もかかっては来ませんでした。

取っ組み合いのけんかを経て不良生徒と和解する！

私たち教師は、その後もひるむことなく彼らに真正面からぶつかっていきました。

体育館の裏で三年生がタバコを吸っていたという知らせを聞いた時には、証拠をつかむために双眼鏡を持ち込んで張り込みまがいのこともやりました。そして、タバコを吸っていた生徒を見付けると、駆け付けて二度としないよう厳しく注意しました。

ある時、教室で椅子の投げ合いをするワルたちにビンタを食らわせた教師に、一人の生徒がこう吐き捨てました。

「てめえ、車がどうなっても知らんからな！」

市川中学では、三年の生徒から先生への捨て台詞も日常茶飯事でした。

「てめえ、卒業式はみてろよ。ただじゃあすまんからな」

「俺も馬鹿じゃねや。内申書に書かれちゃヤバイからな。今はやらんけど、覚えてろ！」

私はその生徒を呼びつけ、車がどうなっても知らないという言葉の意味を問い詰めました。しかし、彼はそんな会話は知らないの一点張りです。

気付けば四時間が経ち、「テレビを見るから帰る」という生徒の言葉をきっかけに、取っ組み合いになりました。夢中で首を絞めつけ合い、教室を転げ回り、机がひっくり返りました。いつしか二人とも疲れ切って、互いに手を出すのをやめていました。

その日は生徒を帰しましたが、翌日、私の前に彼がやって来て、謝ろうとしました。私はその言葉を遮り、手を差し出すと彼も手を出し、二人で力いっぱい握手しました。

私は彼が分かってくれたことが無性にうれしくて、二人以外、誰も知らない心の通い合いが、まるで宝物のように思えてなりませんでした。

合唱活動を経て不良生徒と教師の絆が生まれる

もちろん、私と彼が理解し合うことができても、まだまだ悩みの種は尽きません。

山梨と長野にまたがってそびえ立つ金峰山で行われた七月の林間学校では、宿舎の山荘の壁に大きな穴が開けられるという事件が起き、県下でも屈指の強豪であった柔道部の精鋭メンバーの一人がタバコを吸って警察官に補導されるという事件もありました。

また、秋には玄関に飾られた一〇〇鉢もの菊の花が、一度に数十鉢も引きちぎられ、無残にもへし折られる事件も起きてしまいました。しかも、引きちぎられた花びらは下駄箱に詰められていたという実に悲しい出来事でした。

それでも私たち教師は、一つひとつの事件に真正面から全力でぶつかっていきました。絶対に彼らから逃げてはいけない……それが私たち教師の覚悟でした。


そんな中、大きな転機となったのは、今思えば六月に行われた学級コーラスコンクールと、県教委指定の教育課程実験学校としての研究発表に向けた合唱活動でした。

当初、コーラスコンクールへの取り組みは思うに任せず、練習方法や練習の日程を巡って暗礁に乗り上げていました。男子は「アムール河の波」を歌いたいと言い、女子は「ジェリコの戦い」が歌いたいと言って対立していました。

クラスが二分する中、指揮者に決まった女子が涙を流し始めたのを見た友だちが、男子に半ば泣き声で「曲はどっちでもいいから、優勝目指してちゃんと歌って欲しい！」と訴えたところ、男子もその迫力に圧倒され、曲は「アムール河の波」に決まりましたが、クラスは一つにまとまりました。しかも、コンクールで男子の先頭に立っていた男子生徒が指導者の先生に声を褒められるというオマケもついて、いいことずくめで終わりました。

その後の研究発表では、その生徒が指揮者をやりたいと言い出しました。

これもまた前日の夜中まで紆余曲折はありましたが、彼らと真正面から向き合い、話し合った結果、指揮をその生徒に任せることにしました。

「明日の研究発表、絶対成功させろよ！」

私がそう言うと、彼は私の目を見て、はっきりこう言いました。

「男に二言はねえさ。見てろよ」

結果として研究発表は何の問題もなく、無事に終わりました。諦めずに立ち向かった私たちの姿勢がやっと子供たちに届いたのだと思い、私は感動しました。

不良たちも心を入れ替え、全員で学校を修理する

いつしか私は、ワルたちのたまり場によく顔を出すようになりました。そこでは学校で話せないことも話すことができました。時には食べ放題の店に誘ったこともありますが、そんな時でも気を付けていたのは、絶対に説教しないということです。

また、ある時、彼らと諏訪の片倉温泉に行きました。高速道路の車中では彼らと語り合

い、温泉で背中を流し合ったこともあります。文字通り、裸の付き合いです。

こうして私たちと彼らとの距離は縮まり、彼らが悪さをすることも減ってきましたが、年が明けると、今度は否応ない現実が迫ってきます。そう、進路の問題です。

当然、彼らの中には高校進学を考えている者もいましたが、学力は低いと言わざるを得ませんでした。進路指導に大きな影響を与えるテストでも、結果は厳しいものでした。

彼らの一部は高校受験を希望しました。当然、残念な結果に終わりましたが、それでも彼らは不合格になったことを学校まで報告に来てくれて、一緒にその後の進路を真剣に考えることができたのは非常に嬉しいことでもありました。

そして、卒業式が迫ってきたある日、私がトイレでタバコの吸い殻や紙くずの詰まった便器を掃除していると、一人の生徒が手伝ってくれたのです。それを機に、私は生徒に、自分たちで壊したものを卒業式までに修理しようという運動を呼び掛けました。

床磨き、ガラス拭き、壁の修理、机や椅子の修理、ベランダや廊下の汚れ落とし、天井の修理、下駄箱の清掃、窓ガラスの補充、ゴミ箱の修理とペンキ塗り、カーテンレールの取り換え、教卓の修理……これらはその一部ですが、みんなで一生懸命やりました。

壁が、天井が、ロッカーが、机が、ドアがすべて自分たちの手で修理できたことを私たちは誇りに思いました。修理作業は子供と父母、そして、私たちを一層強く結び付けてくれました。掛け替えのない中学生時代を締めくくるに相応しい最後の取り組みでした。

誰一人遅刻することなく粛々と卒業式が終了

いよいよ三月一六日の卒業式がやって来ました。

当たり前のことですが、誰一人遅刻する者はなく卒業式は始まり、粛々と卒業証書の授与が行われました。さんざん悪さをしてきた生徒も、名前を呼ばれると堂々と壇上に登り、指先をピンと伸ばして校長先生から卒業証書を受け取りました。

そこには少し前までの不良少年の面影はありませんでした。

最後に、校長先生以下教師二六人が整然とステージに並び、送る言葉を発しました。

「三年生のみなさん、卒業おめでとう」

「君たちは、多くの問題を抱えながらも、三年間よく頑張りました」

「問題が多く、自主見学も危ぶまれた修学旅行……」

「クラスの団結を目指して、様々な問題を乗り越えてきた、あの学園祭」

「一歩一歩、流した汗が忘れられない、校歌が山々に響きわたった金峰山登山！」

「君たちは総合体育大会でもよく健闘した。青春の汗を流した部活動」

「苦しみながら、自主的活動目指して取り組んだ生徒会活動」

「よくやった、公開研究会での合唱発表……まだ耳に残っています……」

「最後にして、すばらしい響きを創った学年コーラス」

「三年間培ったこの経験を大切に、今、歩き出せ、栄光への道」

そして、最後に「シャロムの歌」を歌い、その後に全員で「大地讃頌《さんしょう》」を歌う頃になると、みんな溢れる涙を我慢できなくなり、会場は泣きじゃくる声で一杯でした。玄関から校門へと続く在校生の列の中、大きな拍手に送られて彼らは巣立っていきました。

こうして、子供たちと父母と、みんなで作った感動的な卒業式は終わりました。

不良生徒を変えるには教師も命懸けで対峙すること

もちろん、卒業しても、社会の風は元不良少年に冷たかったのは事実です。彼らの進路はなかなか決まらず、私たちは彼らの家庭にも足を運んで、真剣に相談しました。

九州の親類を頼って故郷を後にした者、理容師になると決意した者……と、ようやく彼らは逆風吹きすさぶ人生という名の道を歩き始めたのです。

激動の一年間を終えて私が思ったことは、心と心をぶつけ合い、触れ合ってみれば、みんないい子たちだったということです。手に負えない子供たちが、少しずつ、ほんのわずかずつでも心を開いていくのが分かると、私たちは奮い立ちました。

私自身、火が付いたような使命感に燃え、人間としての生き様をそのまま体当たりでぶつけて子供たちに迫りました。どんなに苦しくても、子供たちを見放さず、見捨てずに子供たちの傍についていかなければ駄目だということを学びました。

大事なことは、子供たちを変える前に、まず私たちが変わらなければならないということです。教師が変わり、父母が変われば、やがて子供たちの変わる日がやって来ます。

私は市川中学での一年間で、何物にも代えがたい経験をしました。

第六章　反主流派から評価が変わって校長に

――教頭、校長と勤め上げて無事に定年退職する

一度は教師を辞める覚悟で教頭試験を拒否

市川中学校でのこの一年間が、私という一人の教師をものすごく大きく育ててくれました。私に対する周囲の評価も大きく変えました。

荒れた不良少年たちを真っ当な生徒にするという強い信念を持って、しっかり教育者の務めを果たしたことが県内でも話題になりました。そうなると、「アカでもいいじゃないか」「社会党支持者じゃなくてもいいじゃないか」と、山教組と県教委の私を見る目も一八〇度変わって、疎外するよりも称賛する人の方が多くなってきたようにも思えました。

町で教育委員長をなさっておられた方はこうおっしゃってくれました。

「内藤君を教頭にしよう。これからの時代、ああいう先生が教頭になって、学校運営をするようにならないと駄目じゃないか」

そういった意向もあってのことでしょうが、教頭試験を受けるようにというお達しが校長を通して私のところに来ました。でも、その頃の私は、教頭にも、さらには校長にもなる気はありませんでした。生涯、教育の最前線で子供たちと一緒に学び、教える——それが私の決めた道でもありました。

「校長先生、悪いけど受けません。一生、現場で担任教師として通します」

そう返事して校長に怒られたこともあります。一年目を受け流すと、二年目にも同じ話が来ました。校長には、「俺も定年で辞めるんだよ。頼むから受けてくれないか」とまで言われましたけれど、お断りしました。

校長のたっての願いを二度も拒否した私は、こんなことがずっと続くようなら教師ではいられないいなと覚悟しました。もちろん、富子には正直に話をしました。

「今、ピンチに立たされている。現場にいられないなら教員を辞めようと思う」

教師を辞めてどうするか……私には一つの考えがありました。東京に出て、鍼灸の専門学校に通って鍼灸師になるというものでした。なぜ鍼灸師かというと、その少し前に体調を崩した時に鍼灸師のお世話になって、見事、回復したことに感銘を受けていたからです。

「教師を辞めて鍼灸師になろうと思っているけれど、いいか？」

「決めたことなんでしょ。あなたは決めたことを曲げない人だから、いいじゃない」

富子はそう言って背中を押してくれました。

それで東京に出て、新宿や四谷の鍼灸専門学校を見学に行きました。

その後、鍼灸師になるつもりで校長に退職願いを出しました。ところが、校長から「退職願いは受け入れられない、何としても教頭試験を受けてくれ」と言われ、逆に私は説得される状況になったのです。いよいよ追い詰められて断ることができなくなりました。結果として鍼灸師の道は諦めざるを得ず、教頭試験を受けることになりました。


試験は数人ごとの面接試問だったのですが、何も準備せずに臨みましたから個人的には合格は無理だろうと思っていました。しかし、結果としては合格でした。それを受けて、町の教育委員会が市川東中学校の教頭に推してくださったのです。

市川東中学校では厳しい僻地教育の現実を踏まえ、二年間、教頭として働きました。その頃になると、内藤という教師への批判は消え、家からも近い六郷中学校に教頭として異動になりました。

そんな教育者人生を歩んでいたある日のこと、病が重くなった母が寝たきりになってしまったのです。妹の洋子は隣町から車で、里子は甲府市内から身延線で毎日、世話に来てくれました。その姿を見ていた富子は「お母さんをこのままにしておけない。私が教師を辞めて世話をする」と言って、五〇歳の時に教師を辞める決意をしました。

富子の退職を惜しんだ当時の校長は「まだまだ若い。あと一〇年できるんだから頑張ればいいじゃないか」と言ってくれたそうです。しかし、本人の意志は固く、きっぱりと教師を辞めて、母の介護をすることにしました。

ところが、その二カ月後に母が息を引き取りました。すると、その校長から「大変失礼な話だけれど、お母様が亡くなったのだから思い直して教師に戻ったらどうだろう?」と言われたそうです。しかし、富子の意志は変わることはありませんでした。

定年退職の日まで教師の道を勤め上げる

それから約一年が経った昭和六四（一九八九）年の始め、昭和天皇が崩御されました。

「内藤君、天皇陛下がお亡くなりになった。半旗を屋上に掲げようじゃないか」

校長からそう言われました。

山教組の教育文化部長の時を含め大変お世話になった校長でしたけれど、まさかそこまでとは思ってもみませんでした。なぜなら、日教組も、山教組もずっと〝君が代反対〟で、入学式や卒業式でもトラブルが続いていましたから。そんな折に、天皇陛下を惜しむように学校の屋上に半旗が揚がったのですから県下でも話題になりました。

年号も変わった平成元年四月、私は精進《しょうじ》湖のほとりにあった精進小学校の校長になりました。そこで二年間務めた後、なんと市川中学校から再びお声がかかり、異動が決まったのです。

「私でいいのですか?」

「いや、内藤君でなきゃ困る。来てくれ」

そう言われて、今度は市川中学校に校長として赴任することになりました。

もちろん、今度は荒れた学校ではありませんでした。以前とは別世界のように違う平穏な日常の中でごく通常の校長業務を務め、平成五(一九九三)年三月、円満に定年退職を迎えることができました。

市川中学校は、私にとっていろんな意味で忘れられない学校になりました。

以上で、私の教員生活は終わりを告げることになりました。

今は無き山の中の折八分校で「詰襟先生」と呼ばれてから四二年間、山あり、谷あり、いや、強いて言えば谷底ばかりの教師人生だったかもしれません。

そもそも、私が〝長いものには巻かれろ〟的なイエスマンであったなら、もっと平穏な人生が送れていたことでしょう。しかし、私は間違ったことや理念に背くことは絶対に許せませんでした。それがたとえ職場の上司であっても見過ごせません。山教組時代のように、納得できない時にはとことん争ってきました。お蔭で冷や飯を食わされたこともありましたが、結果としては冷や飯でさえも私の血となり、肉となりました。

私と富子は、教育理論、教育理念、教育実践……など、常にお互いに理解し合って生きてきました。私の行動に関しても、富子はいつも「あなたが選んだことだからいいじゃない。頑張りなさい」「私はあなたについていきます」と言ってくれました。

私の傍に、いつも富子がいてくれたことに感謝しています。本当にありがとう。

第七章　町議会議員となるも富子が認知症に

――コロナ禍で満足に面会できず悲しみの日々

定年後、第二の人生を送る中で町議会選挙に出馬

無事に定年退職して、夫婦で悠々自適な生活を送ろうと思っていましたが、そう思い通りにはいきませんでした。荒んだ学校の立て直しに挑んだ熱心な教師というイメージが残っていたようで仕事の誘いもあって、悠々自適どころではなかったのです。

体力的にもまだまだ元気で、間もなく甲府にある東京地方税理士会山梨県会事務局長の職に就きました。何名かの事務局員と一緒に、税務署関係、対外関係の事務をこなしていく仕事でした。慣れない業務ではありましたが、あっという間に五年が経っていました。

そんな頃、同じ教員で地元・六郷小学校校長の実績のある友人が、町政をより良くしたいと願う多くの町民から推されて六郷町長選挙に立候補することになりました。税理士会

の理解もいただき、私も選挙活動を応援しましたが、残念ながら思いは届きませんでした。私は「もう一回挑戦して頑張って欲しい」と強く激励しましたが、彼は「冷静に考えてみる」と言って慎重さを崩さず、その後、逆にこう言われてしまいました。

「内藤君が議員になってくれ！　町政を変えるために頑張って欲しい」

思わぬ展開に私は動揺しましたけれど、次第に断り切れなくなり悩み続けました。私自身、町議会の改革は必要だと思っていましたから、選挙に出ることも考えました。

最終的に立候補を決断した際には富子にも相談しました。

「あなたが議員さん？　笑っちゃうわよ。本気なの？」

「本気だよ」

富子は私の顔を見て「一度決めたら曲げない人だから、いいじゃないの」と言いました。

「落ちたらどうしようか？」

「落ちたら落ちたで、細々と年金生活を送ればいいじゃない」

富子は笑いながらそう言って、全面的に賛成してくれました。

町議会議員になって五期二〇年勤め上げる

こうして平成一一（一九九九）年三月、私は六郷町議会議員選挙に立候補しました。毎晩、毎晩、コツコツ歩いて立候補の決意を伝え、応援を依頼して歩きました。駅前で支援のお願いをしたことなど思い出されます。その結果、なんとか初当選して議員になることができました。

きっかけは同級生の選挙応援でしたけれど、そこから立候補まで、流されるままに時が過ぎて、気付けば議員になっていたような第二の人生です。教員をしていた頃には政治家になるなんて思ってもみませんでしたから、人生とは不思議なものです……。

ただ、教員が議員になったからと言っても、私のやり方、理念、生き方そのものは変わりません。常に町民に目を配り、いかに町民の声を行政に反映させるかが一番の仕事です。町議会議員は当時一二人、町民を個別訪問したり、町民からの電話を受けて訪問したりと、町政全般の仕事に集中しました。

また、教員出身者として、教育制度・教育政策を中心に、地域の問題、地域振興を訴えて町民の声を行政に取り入れる役目を果たしてきました。選挙の際には、市川中学時代の教え子たちが何度も応援に駆け付けてくれました。

そうこうするうち、気付けば一〇年以上も議員生活を送っていました。町議会議長に立候補して一票差で勝ったこともありました。年も年ですから「もう辞める」と宣言したことも何度かありましたけれど、そんな時も、教え子たちが家まで来て熱心に背中を押してくれて、ギリギリで出馬を決めたこともありました。

「今の町政を何とかして欲しい！　頑張って下さい」

何度もそう言われて断り切れず、「分かった。出る」と言い続けて頑張ってきました。

選挙カーで突如、自分の名前を連呼する富子

そうは言っても、もうすぐ五期二〇年、体力的にも限界だなと思うようになりました。ちょうどその頃、富子の様子がおかしくなってきました。物忘れがひどくなって見過ごせなくなり、医者に連れて行くことも多くなってきたのです。

決定的だったのが、平成二六（二〇一四）年九月に行われた市川三郷町（町村合併で六

郷町から町名変更）議会議員選挙の選挙活動中での出来事でした。

今でも忘れませんけれど、街宣するために選挙カーに乗っていた際、マイクを持って話し始めた富子が、突然、おかしなことを言い出したのです。

「内藤です！　町議会議員選挙には……」と、そこまでは良かったのですけれど、続いて富子の口から出た言葉は衝撃でした。

「内藤、内藤富子をお願いします！」

〝えっ！　富子じゃなくて優じゃないか!!〟

富子は「内藤優」と名乗るべきところを、自分の名前を言ってしまったのです。しかも間違えた素振りも見せず、マイクを持ったまま平然と「内藤富子！」と言い続けました。

これを聞いた時、私は絶望で打ちひしがれました。

横にいたウグイス嬢は慌てて富子からマイクを奪い、私を見て言いました。

「先生、奥さんを降ろして。もう駄目だよ。内藤富子をお願いしますなんて困るよ」

この時の選挙は当選しましたけれど、内心、次の選挙に出馬するのは絶対にやめようと決心しました。こうして、私の第二、いや、第三の人生とも言える、五期二〇年におよぶ議員生活も終わりを告げました……。

教師を辞めても充実した日々を送っていた富子

議員を辞めた私は、長男家族が住む家の隣にある一軒家で、いよいよ富子と悠々自適の生活を送ることになりました。選挙カーでの一件もありましたが、私が帰れば食事の用意はしてありましたし、富子は何とか普通に生活できているように見えました。

教師を辞めて以来、富子は、書道教師の資格を活かして希望する人には書道塾を開いていましたし、他にも、池坊の生け花を学んで資格を取ったり、社交ダンスの教室に通って指導者の資格を得たり、カラオケをやったりと、第二の人生を楽しんでいました。

しかし、そんな日々の中でも、富子の認知症は静かに進行していたのです。

現在では新聞料金は引き落としですけれど、以前は販売店が新聞料金を取りに来ていました。今日は新聞料金を取りに来る日だと思った私は、出掛ける時にお金をタンスの引き出しに入れて、新聞屋さんが来たら渡すよう富子に告げました。

富子も「は〜い」と答えたので、伝わっていると安心して家を出ました。

翌日、私がいる時に集金があり、私は〝あれ？　おかしいな〟と思いました。

「昨日、女房が渡さなかった?」
「はい。奥さんいましたけど、分かってないみたいでしたよ」
新聞屋さんがそう言うので奇妙に思ってタンスの引き出しを開けると、お金がそっくりそのまま置いてありました。

タンスの中から出てきた富子のノートに衝撃

それからしばらくして、山あり谷ありだった自分史を何とか書いてみようと思い立った私は、あちこち資料を探すうち、タンスの引き出しの中に「メモ帳　TOMIKO」と表紙に書かれたノートを見付けました。何冊もあって、表紙にはそれぞれ日付が書いてありました。

何だろう……不思議に思って、その内の一冊を手に取って開いてみました。すると、そこには富子自身と、一部、私の予定が書いてありました。

9月13日　高橋医院　午前中　田中先生

9月14日　住民健康診断　胸部レントゲン
8時―10時半　2人で行く　ふれあいセンター
9月16日　結核健康診断　胸部レントゲン
8時―10時　優　富子
ふれあいセンター　2人
9月18日　夜　食事会　依田レイ子さんと（とみ子）
依田さんに会費をきくこと
9月22日　1時頃　タオル　200円もって江畑さんのところに行くこと（とみ子）
9月25日　優　監査　1：30
9月26日　優　村松歯科　11時
9月28日　投票日
10月8日　メイクアップ教室　1：30―3時
町民会館2階他産業教室　持ち物なし

もともと富子は几帳面な性格でしたから、そのページを見る限りでは、物忘れが多くなっているからしっかり予定を書いておいたのだろうと思いました。絶対に忘れないようにという意味でしょうか、黒字で書いた予定に赤ペンで下線が引いてあったり、ピンクの蛍光ペンで丸を書いて強調してあったりもしました。

パラパラとめくってみると他のページにも予定が書かれていて、富子も頑張っているなと思ったのですが、よくよく読んでみると、驚くべきことに気がつきました。

次のページも、その次のページも、そのまた次のページも同じ内容なのです！ それぞれのページには、少しずつ違う注意書きが書き添えられていますが、ほとんどの項目は最初から最後のページまで、全く同じだったのです！

一冊は全部で五〇ページくらいですが、そのすべてのページに九月一三日から一〇月八日までの、二六日間の予定が書かれていました。

私は愕然として、背筋が凍るような思いがしました。その時のショックは、選挙カーで自分の名前を呼んでしまったことなんか霞んでしまうくらいの大きな衝撃でした。認知症という病の恐ろしさを、まざまざと目の前に突き付けられたような感じでした。

〝ああ、富子の頭はどうなってしまったんだ！〟

不安な日々が続き、全身から力が抜けていきました。

認知症が悪化した富子は特別養護老人ホームへ

このノートを見るまで、私は富子の状態がここまで悪いとは思っていませんでした。

認知症になると、人間はこうなってしまうんだと、私はただただ驚くばかりでした。

認知症だからどうしようもないのでしょうけれど、何度も何度も同じことを繰り返し書き、〝忘れないこと〟と自分に言い聞かせているのに、本人には同じことをしている意識はないのです。たとえるならばレコード盤に傷があって演奏中にプレーヤーの針が飛び、何度も何度も同じフレーズを演奏してしまうようなものかも知れません。

この頃から、長男夫婦と相談して、富子を脳神経外科に診てもらっていました。

打ちひしがれた出来事が連続し、途方に暮れていたある日、富子のかつての同僚だった市川小学校の仲の良い六人グループが富子を訪ねて来てくれました。桜の時期で、みんなで見に行こうという相談です。

その際、六人の中でもリーダー格の先生が小声で私にこう言いました。

「富子先生、最近ちょっと変じゃない。気付かない？」

「薄々はね……」

その話をきっかけに彼女たちもいろいろと心配してくれて、知り合いのデイサービスを紹介してくれました。毎朝、九時頃に家まで富子を迎えに来てくれて、夕方の四時頃には帰って来る生活です。そんな日々を、二年半くらい続けました。

ところが、だんだん症状が悪くなってきて、ケアマネージャーの助言を度々いただくことになりました。そして、認知症の人たちの介護にあたる病院のリスタート病棟への入院を決めました。病院にいた頃は私も毎日のように面会に行きました。

今となってはわずか三年前のこともはるか昔のように思えてしまいますが、当時、富子はまだ私のことを分かっていました。会いに行けば、笑顔で手を振ってくれたのです。

「富ちゃん、顔を見に来たよ！」

私がそう言うと、富子は嬉しそうな顔をして、「ありがとう！」と笑ってくれました。そして、私が病院から帰る時は、涙ぐんで悲しそうな顔をしていました。そんな富子の顔を見て、私は後ろ髪を引かれる思いで病院を後にしたものでした。

そういう日々が三年くらい続きました――。病院に入ってからは専門のケアを受け、次第に落ち着いた日々を過ごせるようにもなっていきました。

それがいつ頃からでしょうか、富子は私のことが分からなくなってきたように見えました。「富ちゃん、マーちゃんだよ」と言っても、表情があまり変わりません。それでも私は寂しい気持ちをこらえて、笑顔で富子に話しかけました。

症状はさらに悪くなってきて、令和三（二〇二一）年八月、病院の先生から専門の施設に入ったほうがいいのではないかと勧められて、一カ月間の介護老人保健施設を経て、現在、お世話になっている身延町の特別養護老人ホームに入りました。

もう一年以上が過ぎてしまいましたが、症状が少しずつ重くなっているのが不安です。

新型コロナウイルスの流行で会う機会を奪われて

私の大事な富ちゃんは今、施設長はじめ大勢のみなさんにお世話になっています。あと何年、元気でいられるか不安で仕方ありません。私にできることはありませんけれど、今まで私を支えてくれたのだから、今度は私が支える番だと思って、時間の許す限り一緒にいるよう心掛けてきました。

一緒にいられるだけで幸せだったのですが、そんなわずかな幸せさえも神様は許してくれませんでした。令和二（二〇二〇）年二月に始まった新型コロナウイルスの感染拡大が爆発的になったことで、面会は予約制になって滅多に会えなくなりました。会えるのは二カ月に一度くらいで一五分程度、しかもガラス越しです。もはや手を握ってあげることもできません。

たとえ私のことが分からなくなっても、富ちゃんの隣に座って触れ合っていれば、ぬくもりが伝わって、いつか症状が良くなるのではないかというはかない望みを抱くことさえ許してもらえないのが実状です。ガラス越しにしか会えないなんて寂し過ぎます――。

富ちゃん、こんな私をこれまで長いこと支えてくれて、本当に、本当にありがとう。今の私には、心の中でそう語りかけるくらいしかできないのです。

おわりに

世の中には愛し合って結婚して夫婦になったものの、病気や事故で愛する人を失って寂しい人生を送っている人もいます。ですが、私と富ちゃんは一八歳と一六歳で出会ってから七〇年以上、いつも一緒に生きてこられて、本当に、本当に幸せでした。

私の人生を振り返ってみますと、教師になって紆余曲折ありましたが、教頭、校長を務め、その後は町議会議員を二〇年と、結果的には平穏無事な人生だったかもしれません。

しかし、人生の半分は本当に苦労の連続でした。でも、高校三年生の時に富ちゃんと出会って以来、苦しい時でもいつも傍にいてくれたお陰で苦労は半分になりました。よく言われているように、夫婦は苦しみを半分に、喜びを倍にするものなんですね。

それが今、富子が認知症になったことで、苦しみが倍になってしまいました。たまらなく寂しくはありますけれど、落ち込んでばかりはいられません。

「マーちゃん、元気を出して！」

これがもし逆の立場なら、富ちゃんはきっと私にそう言い続けることでしょう。

私たち二人は共に教員でした。決して威張ることもなく、謙虚で、他人の悪口を言うようなこともありませんでした。常に子供たちのため、見本になるような生き方を心掛けて、小さな幸せに満足して淡々とした人生を送ってきました。

一つだけ言えることがあるとすれば、二人とも純粋に生きてきたということです。私が純粋に幸せな人生を送ることができたのも、みんな富子のお蔭です。そんな富ちゃんのために何か残しておきたいと思った時、二人の手紙のことを思い出しました。

この本に載せたのはほんの一部で、今となっては日付も残っていませんからいつの日かも分からないものばかりですが、青春時代の二人がいかに真剣に生きて、いかに悩み、いかに苦しみ、時に喜びながら生きてきたことだけはお分かりになると思います。

昭和、平成、令和……と三つの時代を生き抜いて、男女の交際の形も変わり、今は何でもＬＩＮＥなどで済ませる時代だそうで、文通という言葉ももはや死語になりました。そんな時代だからこそ、二人の文通の記録を本に残しておこうと思います。

長男夫婦と孫、私と富子を支えてくれた友人たちや教え子たち、これまでお世話になった病院や施設、そして、特別養護老人ホームで富子の世話をしてくださった方々に、私たち夫婦が歩んだささやかな歴史と、そんな二人の遠い青春時代の思い出を少しでも知って欲しいと思いました。

あれから七〇年以上経って、富子との昔の思い出もおぼつかなくなっていますが、手紙をひもとくと、当時の気持ちが、心が、そのままの形で残っています。

それを本にすることで、二人の生きた証も永遠になるのではないかと思うのです。

もちろん、この本を最初に読んで欲しいのは誰でもない、富ちゃんです。

たとえ私のことが分からなくなっても、富子のところにできあがったこの本を一番に持って行って、ベッドの横で、この本に書かれた私たちの人生を語ってみたいと思っています。許されるなら毎日でも会いに行きたい……。

たぶん、病に蝕まれた富子の頭と心は、もう元には戻ることはないでしょう。

それでも私はかまいません。富子の命が続く限り、ずっと隣にいてあげたいと思います。

それが私の人生を支えてくれた富ちゃんへの恩返しなのです。

そして、この本はそんな富ちゃんへの、私の最後の手紙——ラブレターです。

追伸　これを書いている今日、八月五日は富子の八八歳、米寿の誕生日です。三五度を超える酷暑の日々も昨日は一息ついて、山梨は雨混じりの凌ぎやすい一日でしたが、今朝は青空が見えてきて、再び気温が上がりそうです。

これから誕生日ケーキを買って、富ちゃんがいるホームに行ってきます。コロナ禍で面会は予約制になり、おそらく会うことはかなわないと思いますが、それでも富ちゃんと、富ちゃんのお世話をしてくださっているみなさんで食べてもらえれば満足です……。

令和四年八月五日　富ちゃんの誕生日に

参考文献

『非行克服シリーズ10　つっぱりたちの抵抗』（内藤優編著／民衆社）

著者プロフィール

内藤 優（ないとう まさる）

昭和７（1932）年９月６日、埼玉県北足立郡与野町（現・さいたま市中央区）に生まれる。終戦後の昭和20（1945）年９月、山梨県西八代郡山保村に転居し、山梨県立峡南高校を卒業。昭和26（1951）年10月、下九一色中学校折門八坂分校の代用教員となる。昭和31（1956）年、法政大学法学部通信教育課程を卒業し、教員免許を取得。昭和35（1960）年、東京大学教育学部に内地留学する。昭和36（1961）年12月13日、若林富子と結婚。昭和42（1967）年４月、山梨県教職員組合教育文化部長。昭和46（1971）年４月、三珠中学校教諭。昭和57（1982）年４月、市川大門町立市川中学校に異動し、校内暴力で荒れた学校に勤める。市川東中学校教頭、六郷中学校教頭、精進小学校校長を経て、平成５（1993）年３月、市川中学校校長を最後に定年退職する。平成11（1999）年３月、六郷町（後に市川三郷町）議会議員選挙に当選。５期20年にわたって議員生活を送り、平成30（2018）年に引退して現在に至る。

認知症の妻への最後のラブレター

2023年４月15日　初版第１刷発行

著　者　内藤 優
発行者　瓜谷 綱延
発行所　株式会社文芸社
〒160-0022　東京都新宿区新宿１－10－１
電話　03-5369-3060（代表）
03-5369-2299（販売）

印刷所　株式会社フクイン

ISBN978-4-286-24035-0